小白马

U0840762

在厨房的地板上放着一个洗衣篮，里面有一团脏兮兮的小东西。

被世界抛弃的早产儿温斯洛

被世界拯救的早产儿路易

湛蓝色的天空一碧如洗，几片白云在自由地飘荡，一只美丽的靛蓝彩鹀停在白色栅栏边的一株金色向日葵上。

一个穿着破旧军装的邋遢男人，躺在灰色小道旁绿草地里的棕色木椅上。

格斯和路易站在窗前，看见
一轮银色的圆月正挂在天空上。

温斯洛的耳朵在风中狂扇，打在路易脸上。雪橇先是左转，紧接着右转，最后笔直地滑下最后一个陡峭的斜坡。

亲爱的温斯洛守护着农场，拯救了弱小的羊羔。

〔美〕莎朗·克里奇/著　卢屹/译

天津出版传媒集团
天津人民美術出版社

图书在版编目（CIP）数据

拯救温斯洛 / （美）莎朗·克里奇著 ; 卢屹译. -- 天津 : 天津人民美术出版社, 2019.4
ISBN 978-7-5305-9069-0

Ⅰ. ①拯… Ⅱ. ①莎… ②卢… Ⅲ. ①童话—美国—现代 Ⅳ. ①I712.88

中国版本图书馆CIP数据核字(2019)第049032号

SAVING WINSLOW by Sharon Creech
Text copyright @ 2017 by Sharon Creech
Simplified Chinese translation copyright © 2019 by Beijing White Horse Time Culture Development Co., Ltd.
Published by arrangement with Writers House, LLC through Bardon-Chinese Media Agency
ALL RIGHTS RESERVED

拯救温斯洛 ZHENGJIU WENSILUO
〔美〕莎朗·克里奇 著　卢屹 译

出 版 人：李毅峰
出 品 人：李国靖
特约监制：陈美珍
责任编辑：富英杰　张婷婷
特约策划：郭鑫鑫
特约编辑：郭鑫鑫
封面设计：麻先生
版式设计：彭　娟
封面绘图：麻先生
内文插图：麻先生
出版发行：天津人民美术出版社
社　　址：天津市和平区马场道150号
邮　　编：300050
经　　销：全国新华书店
印　　刷：嘉业印刷（天津）有限公司
开　　本：880mm×1230mm　1/32
印　　张：5.75
印　　数：1-10000
字　　数：165千字
版　　次：2019年4月第1版
印　　次：2019年4月第1次印刷
书　　号：978-7-5305-9069-0
定　　价：38.00元

著作权合同登记号 图字：02-2018-447
版权所有 侵权必究
发行电话：022-58352963　网　址：www.tjrm.cn
图书若有印装错误，影响阅读，可向承印厂联系调换。

献给我亲爱的

保罗和尼克

以及

所有你们爱的动物伙伴

目 录

contents

这是什么？

在厨房的地板上放着一个洗衣篮，里面有一团小东西。

“又是一只死掉了的小动物吗？”路易问。

“还没死。”路易的爸爸回答道。

现在正是隆冬时节，寒冷寂静的黑夜就像一

个讨人厌的客人，来得太早，又总赖着不走，而白天却是一天比一天短了。

路易的妈妈低下头，目不转睛地盯着她亲爱的丈夫带回家的洗衣篮："我猜，这又是从皮特叔叔家拿回来的小动物吧？"

皮特叔叔在城镇边上的郊区里有一个小小的农场。

路易的爸爸只要处理跟皮特叔叔有关的事情，就经常免不了要浪费时间、浪费金钱，或者做一些类似砍树、参加泥地拖拉机比赛、处理农场动物尸体等等危险的事情。之前，他就已经带回家并且埋掉过，两只刚出生就死掉的小猪崽。

路易轻轻地在篮子旁边跪下来，看见一个长着黑眼睛、翘耳朵、柔软睫毛的灰色小脑袋从洗衣篮里冒了出来，跟脑袋相连的，是颤抖着的瘦弱的躯干和细长的四肢，一身脏兮兮的灰毛上遍布着褐色的斑点。

它既不是狗，也不是猫。

这个模样可怜巴巴的小家伙，也正在睁着大眼睛盯着路易看呢。

路易的心里突然被什么柔软的东西轻轻地撞了一下，就像屋顶突然和房子分离，然后飞到了空中。失去了遮挡的阳光温暖而和煦，瞬间洒满了整间厨房。

“它是一只山羊吗？”他跪在篮子旁问。

“不是，是一头驴子。”爸爸回答说，“昨天晚上刚刚出生的小驴。”

“小驴？”路易用手拢着小驴的脑袋，轻轻地抚摸着。小驴好像很虚弱，一点儿都动弹不得。

“它怎么了？”

“驴妈妈生病了，不能照顾它。”

“可怜的驴妈妈，”路易说，“可怜的驴宝宝。如果得不到照顾，它会怎样呢？”

“可能它很快就会死掉，估计撑不了一两天。”

“不要！”

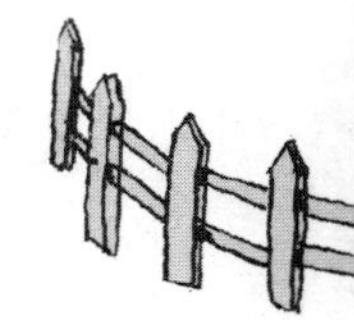

“既然这样，”妈妈说，“你干吗还要这头小驴呢？如果它活不过一两天，干吗还把它带回家来呢？”

“我也说不清楚，”爸爸说，“我觉得它挺可怜的。也许，我们至少能好好照顾它，直到……唉，你知道的，直到它死掉。”爸爸轻声地吐出了最后一个词。

小驴发出轻声的叫唤，就好像是在说“求求你”。

路易把小驴从篮子里抱出来，搂在怀里。小驴身上闻起来有一股发潮的干草味儿，它把脸贴在路易的脖子上，又叫了一声“求求你”。

“好吧，”路易说，“我接受任务。”

“什么任务？”

“我要拯救这头没有妈妈的可怜小驴。”

陌生的来客

路易家的房子已经很老了，里面冷飕飕的，又漏风，又漏水。

房子里靠近石头地下室的部分还算结实，但是到了有股子霉味儿的阁楼和再往上的屋顶，这座老房子就变得弱不禁风了。

城里这一带的窄路上，许多房子都是这种情况，城外则是成片的农田和大块的空地。

在以前的夏天，房子里面又敞亮又透气，凉爽的微风吹得窗帘在窗户上来来回回地飘动。

路易的哥哥名叫格斯，他每天都活力四射、干劲儿十足。

“快点儿，路易，咱们去给门廊上漆！”

“快点儿，路易，咱们去整理菜园子！”

“快点儿，路易，咱们到河边玩儿去！”

……

格斯总是有做不完的新鲜事。不过如今，格斯参军去了，他已经离开家整整一年了。

而且现在，冬天到了。

现在每天的日头都很短，天空黑乎乎的，天气又冷得让人难挨……

在这个漫天飘雪的星期六的早上，寒风在窗

户的玻璃上涂抹了湿冷的冰霜。

路易睡醒起来的时候，觉得自己浑身轻飘飘的，就像是浮在了空中。

而且，他能明显地感觉到，一位陌生的客人即将到来。

别让它听见

路易照顾小动物的运气可不怎么好。

那些他三岁时带回家的小虫子呢？那些扭来扭去的可爱小家伙两天后就变僵了，死掉了。

那些他花了心思抓到并且收进玻璃罐里的萤火虫呢？当时他还专门在盖子上扎了呼吸用的洞

眼儿，可三天后它们就在玻璃罐底死翘翘了。

那条在游乐园里赢到的鲜活的金鱼呢？没到周末就肚皮朝天了。

那只同样也是在游乐园里赢到的蓝色小鹦鹉呢？不是还认真地给它喂食喂水，还跟它说话的吗？过了三个月，就在笼子里咽气了。

那只在马路边发现的小猫呢？第二天就逃走了。

那只在门廊上一瘸一拐地走路，然后被他小心翼翼地带进屋子里的小鸟呢？两天后就从窗户飞走了。

仓鼠呢？蛇呢？乌龟呢？蜥蜴呢……这些路易都试着养过，可所有的小动物，每一个小动物，结局不是养不活就是逃跑了。

最近，他一直想要一条狗。

可爸爸妈妈觉得，偶尔去借一条狗回来更好，就是不用在家里常住的那种狗。大家不需要在雨雪天出去遛它，它不会在地毯上尿尿，更不

会啃咬那些可怜的家具。

所以，当星期六的早上，爸爸把那头可怜的小驴裹在蓝色的毛毯里带回家时，路易的惊讶程度可不止一点点。

“我可不想眼睁睁地看着它死掉。”妈妈说。

“不会的！”路易保证道，“它不会死的！我说过，我接受任务。”

那个小可怜试探着用鼻子碰了碰路易的鼻子：“嗷——”

“你可不要投入太多的感情哦，”妈妈警告说，“你会伤心的，等它……”

“嘘——”路易轻声说，“别让它听见。”他转头问爸爸小驴是男孩儿还是女孩儿。

“男孩儿。”爸爸说，“唉，真是个可怜的小家伙。”

爸爸妈妈走到前门的走廊上去“讨论情况”。

路易能看见妈妈不时地挥舞着手臂，爸爸无奈地点着头，耸了耸肩膀，就好像是意识到自己之前并没有想明白这件事。然后，路易看到他挥舞着手臂，笑着扮了一个可爱的小驴鬼脸。

可怜的小驴在路易怀里颤抖着，小小的脑袋紧紧地挨着路易的脖子，瘦长的腿别扭地叠在一起。

等爸爸妈妈走进屋来的时候，路易有了主意。

“它就住地下室里，晚上的时候就打开暖气，我可以也睡在那里的小床上陪着它。咱们还要去饲料店买些干草给它做一个温暖的被窝，然后再买一些奶瓶和奶粉。”

妈妈张了张嘴，然后又闭上。她并没有说什么。

“妈妈，我跟爸爸去买东西的时候，你能帮忙照看它一下吗？”路易把小驴递给妈妈，轻轻塞进她的怀里。

妈妈的样子看起来有一些为难，她低下头，

仔细地看着小驴可爱的脸蛋儿。“去吧。”她说，“可我要提醒你们俩，它有可能活不过今晚。而且，即使能活过今晚，也活不过一两天。路易，到时候，你会非常非常伤心的。”

“不会的！”路易坚定地说，“我会救活温斯洛的！”

“温斯洛？”妈妈问道。

“这就是它的名字，温斯洛。这个名字刚刚从空气中，跳到了我的心里。”

要乐观！

路易的好朋友麦克就住在隔壁，饲料店就是麦克的爸爸开的。

路易经常去店里帮麦克往货架上摆货，所以他非常熟悉店里的情况。他能够带领顾客找到牛缰绳、饲料箱、便携式笼子、各种家畜的驱虫剂

和维生素饲料，还有从猪到驴等所有牲畜的养殖参考书。

路易和爸爸来到店里时，麦克正好在，两个人跟他说了小驴的事，然后一起选了一种合适的配方奶粉。

“一小袋就好。”爸爸说，“因为它可能活不……”

“它肯定能活下来的！”路易说，“你不要总是这么说嘛。”

麦克给他们推荐了一本书，叫《养驴大全》，可爸爸觉得应该去图书馆借：“因为，你也知道的，买了书又有什么用呢？这头小驴也会……嗯……也会……”

“别说那个词啊！要乐观！”

最后，爸爸就要了这么几样东西：最小号的奶瓶、最小袋的奶粉、最小瓶的维生素、不要钱的两页宣传册《新生小驴》——而不是那本200页厚的《养驴大全》。因为他觉得，这些东西用

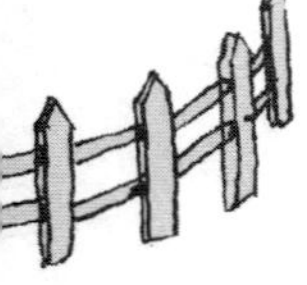

在那头随时都会死掉的可怜小驴身上，都是浪费。

爸爸本来都不想给小驴买铺床用的干草，但麦克的爸爸免费送了小半包，因为那是从别人的卡车上掉出来的。

“我们马上就会觉得现在的行为很傻，”爸爸说，“没准儿一回家就发现小驴已经死了。”

“不要这样说了嘛！”

“我只是不想让你抱太大的希望。”

麦克和两姐妹

麦克今年十三岁，比路易大三岁。

有时候别人会误以为他们俩是一家人，因为他们俩经常凑在一起，而且都长着一头乱糟糟的黑发和黑色的眼睛，也都高高瘦瘦的。

路易的亲哥哥格斯也有黑头发和黑眼睛，但

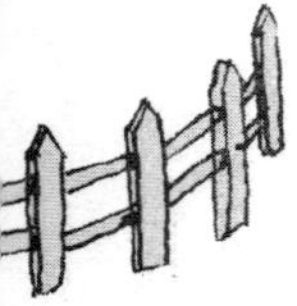

身材像爸爸，健壮又敦实。他高中的时候打橄榄球，还一直渴望参军。

路易很想念哥哥。

他有时也很想念麦克。因为，这段时间麦克不在饲料店帮忙时，就会一直跟学校里的朋友们一起玩儿。

要是路易提议去马路尽头的小山上滑雪橇，麦克通常会说：“哈，我现在都已经十几岁了，不喜欢滑雪橇了。”但有的时候，要是麦克身边没有其他的小伙伴，他也会跟路易一起从山上滑下来，而且开心得要命。

有一天，他们在滑雪橇的时候，遇到了最近刚搬来这里的克劳丁和诺拉姐妹俩。克劳丁的年纪和麦克差不多大，而诺拉要比路易小一岁。

那天，除了他们，小山上就没有别人了。

那是一个星期天的傍晚，积雪被压得实实的，有些地方还结成了冰。

路易不记得他和麦克是怎么问到她俩的名

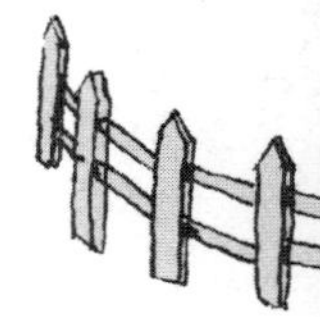

字、地址和年龄的，他只依稀记得，麦克和克劳丁一路上都有说有笑的，诺拉和路易一直从山上滑下去，再走回来，再滑下去……

在回家的路上，当只剩路易和麦克两个人时，麦克用手捂住心口说：“我好像恋爱了！”他假装走路跌跌撞撞，然后仰面倒在了雪地里。

小驴啊小驴，没事的

路易和爸爸从饲料店回到家时，妈妈还抱着小驴。她把它拥在臂弯的毛毯里，抚摸着它的小脑袋，对它说：“小驴啊小驴，没事的。”

路易在地下室里给温斯洛做了一个小窝，他用干草铺成了睡觉时身下的小床，还额外加了一

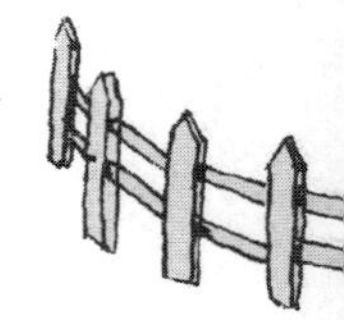

条小毛毯用来保暖。

温斯洛可怜巴巴地叫唤着，那是轻轻的求救声：求——求——你——了。温斯洛并不会使用奶瓶，它老是用鼻子去顶奶嘴，咬到奶嘴又把它吐出来，最后总算咬住了，又不知道吮吸。

路易陪着温斯洛，抱着它，跟它说话，爱抚它，哄它喝奶。他把奶汁滴在自己的手指上，然后把手指轻轻地伸进温斯洛的嘴巴里。温斯洛急切地吮吸着。路易重复做这个动作，最后偷偷地把奶嘴塞进小驴的嘴里。

成功了！可是花了整整两个小时才哄温斯洛喝了一点儿奶，然后温斯洛就睡着了。后来，路易也睡着了，怀里还抱着用毛毯裹着的小可怜温斯洛。

路易出生时早产了两个月，所以当时还不足三斤重。

他并不喜欢看到自己那时候的照片，照片里的他就像一只枯瘦枯瘦的小鸡仔，住在恒温箱里，身上还连着好多根管子。他的样子是那样无助。

有的时候，路易仿佛记得自己刚出生的那些日子。他知道这听起来不太可能，但当他睡着或者刚刚醒来的时候，常常会觉得，自己好像在重重地喘气，接着，嘴巴突然张开，吸进一股清新凉爽的空气，他像气球一样膨胀起来，飘浮起来，飘出恒温箱，飘到外面的世界。

外面的世界是如此美妙！碧蓝色的天空，长满深绿浅绿叶子的树木，飞翔欢唱着的鸟儿，在阳光下摇头晃脑的黄色郁金香。

当抱着可怜的小驴睡着时，路易就是这么想着的。

几个小时之后，当他醒过来时，又感觉到了那股清新凉爽的空气，但这次的感觉有些不一样，并没有飘浮的感觉，低头一看，原来小驴正软弱无力地靠在他的胸前。

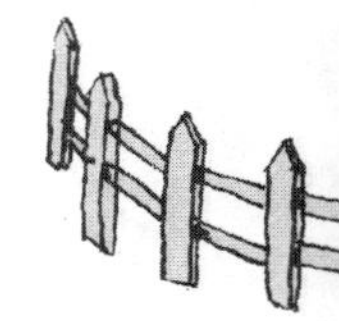

路易隔着毯子抚摩它，祈求温斯洛活下去：“求你了，求你了。”温斯洛的腿抽搐了一下，眼睛睁了一小会儿，又闭上了。

路易催小驴再喝一点儿奶：“求你了，温斯洛，求你了。”

他心里想：爸爸妈妈有没有祈求他能活下去呢？他们有没有像他一直看着温斯洛一样看着他呢？他们有没有鼓励他一直呼吸呢？他们有没有爱抚着他，跟他说话呢？这些对他有没有帮助呢？

再过两个星期，寒假就结束了，路易必须回学校上课。到时候温斯洛该怎么办，他还没想过，怎样才能经常给它喂吃的呢？

妈妈说：“哦，别操心那个了，谁都不知道温斯洛会不会……”

“别说那个词啊。”

躲开那个皮球

路易很想念哥哥格斯，尽管参军是最令格斯向往的事情，而且大家都很为他骄傲，但路易也并不希望他去参军。

“你就要去保卫咱们的国家了！”爸爸说过。

路易希望自己也能保卫国家。有时候他会想

象自己站在山顶，守卫着一片领土。有时候他会张开双臂，仿佛要把大家都保护在身后，这算是保卫吗？

格斯最喜欢的运动是篮球、棒球、足球，还有橄榄球。尽管格斯努力地想帮助路易喜欢上这些运动，可是路易还是逐渐地发现，自己并没有格斯的那种天赋。他特别不擅长球类运动。他在扔球、踢球、运球或者击球时，球的落点很少能遂他的心愿。其他人在扔球、踢球、运球或者击球时，路易也会搞不懂球到底应该落在哪里。

在踢了一场特别让人灰心丧气的足球后，路易的教练不太客气地说："路易啊，你好像……呃……是在躲开皮球呢。"

"对啊！"路易说，"球踢过来时，我不知道该往哪儿跑。我躲不开。"

"你不应该躲开啊！"

"应该啊。"

"唉……路易啊，看来你不擅长运动。"

那天晚上，他问格斯："可我擅长什么呢？要不是运动，那又是什么？"

"别担心，路易，你有大把时间去搞清楚的。"

可路易确实很担心。他很怕自己永远找不到擅长的事情或者喜欢的东西，就是像格斯喜欢运动那样的喜欢。

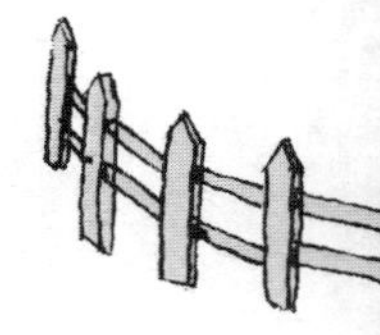

格斯

哥哥参军以后，路易想不通，怎么一个人走了，家里的气氛就冷清了这么多呢。

他总是会走到以前格斯常待的地方：靠垫被压扁了的沙发，曾经一直放着格斯做三明治食材的厨房料理台，跟他的床并排放着的格斯的床，

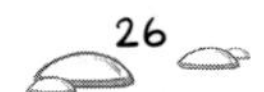

过去堆满了格斯臭球鞋和臭汗衫的门廊……

现在，这些地方都没有了格斯的痕迹。

每次格斯来信，他都跟爸爸妈妈凑在一起看。他们渴望听到格斯的声音，渴望收到格斯的消息。

可是，格斯几乎不打电话，也不常写信，就算联系家里了，他的消息也不太具体。生活总是“还可以”或者“不坏”，有一次他说“太好了”，可也没说为什么好。伙食总是“还可以”或者“不坏”，不过有一次他跟伙伴们吃了比萨，味道“太好了”！

“用词挺单调的。”路易的爸爸看出来了。

刚开始，格斯写信的落款只是“格斯”，然后是“想你们，格斯”，可是，最近每封信的结尾都是这几个字：

他们当然会记得他啊，路易每次看到这个落款时都这么想。这话好傻啊！

可这让他担心起格斯来了。现在，每当路易抱着温斯洛，哄它喝奶，希望它长得更壮实些的时候，都会在心里想，要是格斯生病了或是受伤了，真希望也有人能照顾他。

有什么意义呢？

一天早上，路易的妈妈站在地下室的台阶顶上，说家里有客人来了。

“嗨，路易，我们来瞧瞧生病的小驴啦！”麦克砰砰地踩着台阶走下来，后面还跟着克劳丁和诺拉。

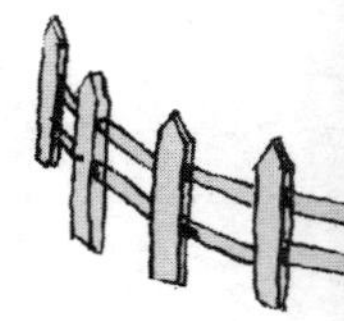

克劳丁跑到温斯洛边上：“哇——”

诺拉站在几步之外盯着温斯洛看。

“我能摸摸它吗？”克劳丁问，“它真是可爱极了。”

克劳丁的一切都柔软又优雅：声音、头发、衣服，甚至连她的站相都显得温柔而松弛。

诺拉看着倒是完全不同，一点儿都不柔软。她像是刚从草棚里钻出来似的，穿着脏脏的牛仔裤、宽松的黑色外套和相当大的黑色橡胶靴。她的手脚大得跟全身其他部位不太相称。

诺拉看到温斯洛时没发出“哇——”的声音，而是说“呃”。她巡视了一下地下室，看了石墙和水泥，看了角落里堆的水桶、水管和耙子，看了窄小的床铺，看了温斯洛的那堆干草，最后才看温斯洛。

“你在这里养这玩意儿干吗呀？你肯定这是驴子吗？它不像驴子，像一只鼠羊。”

“鼠羊？那是什么？”路易问。

“就像是负鼠跟山羊结了婚，生了一个这样的孩子。”

“别怪诺拉啊。”克劳丁用非常温柔的声音说，“她说话就这样。”

“别怪克劳丁啊。”诺拉也说，“她说话就这样。”

麦克把温斯洛从路易怀里抱过来，仔细地看着它：“比我第一次看见它的时候更重了一些吧？不过还是很瘦。但是它的眼睛好像好些了，比以前更明亮。也许，它能活下来。”

“当然能活下来。”路易说。尽管他每天都会对接下来未知的生活产生疑问，不过，要是怀疑温斯洛是否能继续活下去，那感觉就像是背叛了它似的。

“就那个小东西？”诺拉说，“我看着半死不活的。”

“它还新着呢。”路易说。他不知道自己为什么会这么说，这话一出口他就觉得傻乎乎的。

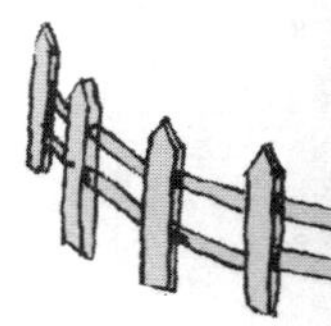

“我的意思是，有些新生的小动物本来就很难存活。”

“哦，我知道这些呀。”诺拉说。

“你知道？”

“当然了，我们家的弟弟……”

克劳丁打断了她：“哎呀，诺拉，你少说点儿吧，叽叽喳喳的，吵着可怜的小驴了。你看，它在发抖呢。”

“我没有叽叽喳喳，我也没有吵着这只可怜的鼠羊！”诺拉盯着路易的眼睛，“我们家的弟弟早产了两个月……”

“我也是！”路易说，“我那时是个可怜虫，瘦巴巴的，很痛苦。”

诺拉用一根手指戳了戳路易的胳膊：“可你活下来了。”

“哦。”路易想，好奇怪，简简单单的一句话就能让你改变对一个人的看法。

“你想抱抱温斯洛吗？”他问诺拉。

“不用。有什么意义呢？”

克劳丁推了推妹妹：“少说点儿话吧，诺拉，别这么过分。”

“我没有过分。这小家伙迟早会死掉的，抱了它又有什么意义呢？”

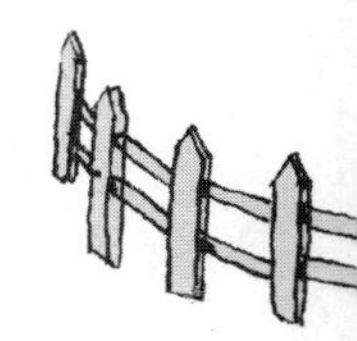

定格这个画面

在一两年前的一个盛夏，有一次，路易沿着马路走去城里。他在一排白色栅栏旁停了下来，那里有一片盛开着的高大的向日葵。

他觉得眼前的景色就像一幅美丽的画：白色的栅栏映衬着金灿灿的向日葵，头上是湛蓝色的

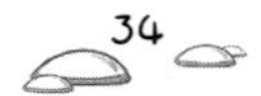

天空，上面飘动着白色的、白色的云朵。

路易真想把这个画面定格在脑海里。

就在他一动不动地站在那里的时候，一只鸟儿飞下来，停在了一株花茎上。鸟儿身上的颜色是比天空更深的蓝色。那叫什么颜色呢？他马上想到了靛蓝彩鹀★这个名字。他之前一定是在某本书里看到过叫这个名字的鸟儿，但他不记得是什么时候、在哪儿看到的了。

现在，他觉得这画面更完美了：湛蓝色的天空一碧如洗，几片白云在自由地飘荡，一只美丽的靛蓝彩鹀停在白色栅栏边的一株金色向日葵上。

他站在那里时，感受到了身心都无比快乐。

他继续向前走，去城里买面包和牛奶。在快到商店的时候，他经过了一个小小的公园，在公园人行道边的一个长椅上，躺着一个男人。

★靛蓝彩鹀（wú）：一种生活在美洲的鸟儿，雄鸟几乎一身靛蓝色，在阳光下非常美丽。

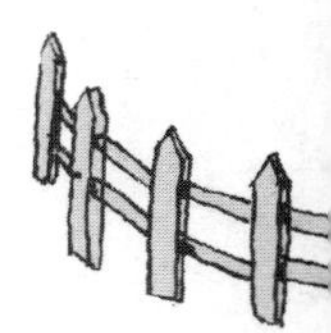

他瘦瘦的，蓬头垢面，身上穿着破旧的军装。他像是在睡觉，一只胳膊搭在胸口，另一只胳膊垂到了地上。这男人胡子拉碴，头发又长又乱，衣服也脏兮兮的。

路易心想，要不要把这个画面也定格在脑海里呢？一个穿着破旧军装的邋遢男人，躺在灰色小道旁绿草地里的棕色木椅上……路易边向前走边想。

他没有别的选择了，不知道为什么，这个画面早就定格在他的脑海里了。

在回家的路上，路易在长椅边塞了一个棕色的小纸袋，袋子里放了两个面包卷和一块巧克力。

好奇怪啊，在路易把哆哆嗦嗦的温斯洛抱在怀里，闻着它脸上的奶粉味道时，他心里想：好奇怪。

这时，他的脑海里涌现的是这两个画面：蓝

天白云下，一株金色向日葵上停着一只靛蓝彩鸦；公园绿色草地里的长椅上，躺着一个干瘦的男人。

温斯洛的耳朵轻轻划过路易的脸颊。路易心想，这个画面一定会被定格在我的脑海里：一头瘦弱的小灰驴正在我的怀里，努力地活下去。

温斯洛是什么？

一天清晨，阳光明媚，地面上积了一层厚厚的白雪。

路易用毛毯把温斯洛裹住，抱着它走出来，坐在前门的走廊上。温斯洛警觉起来，小脑袋四处转来转去，在明亮的阳光下眨着亮亮的大眼睛。

它把窄窄的小脸往路易脸上凑，啃着他的围巾。

“咩——咩——”它小声地叫唤，“咩，咩，咩。”

路易笑了起来。这是小驴头一回发出这样的声音，之前它的哀叫声听着总是像“求——求——你”。

“你以为你是小羊羔吗，温斯洛？你要学小羊咩咩叫吗？驴的叫声应该是‘咦嗷’呀。”

温斯洛撕咬着路易的围巾，把线头都扯松了。

路易用脸去蹭温斯洛的脸，这时有人说：“嗨！”诺拉站在人行道上，穿着那件宽大的黑色外套和那双笨重的黑色靴子。她头上戴了一顶亮黄色的编织帽，帽子边沿一直拉到了耳朵上。诺拉有一双黑色的大眼睛，黑头发从帽子底下钻出来，很凌乱。路易觉得现在的她就像一只大黄蜂。

“你跟那玩意儿在干吗呀？”诺拉问。

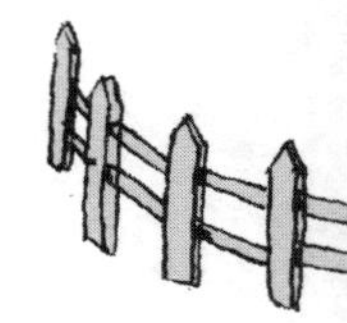

“什么玩意儿？你说温斯洛吗？”

“温斯洛是什么？”

“是它的名字——温斯洛。它是一头小毛驴，名字叫温斯洛。”

“就是要死的那个？”

“它不会死的。”

“别那么肯定啊。”诺拉往门廊挪了几步，走得小心谨慎，好像生怕有什么东西跳出来，或者有人骂她、赶她走似的。

“想抱抱它吗？”

“我才不要。干吗要抱它呢？”

“它很软的。”

“才不要。”

“咩——咩——咩——”

“哦！”诺拉说，“它会叫啊！”她不由得笑了，但马上克制住自己，收起了笑容。

温斯洛抬起鼻子，嗅着来人周围的气息，腿在毯子里蹬起来。

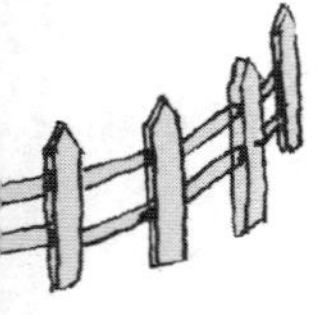

“它在扭动呢。”诺拉发现了。

“它应该是想下去吧，我也不知道。但是地上对它来说可能太冷了。”

这会儿，诺拉已经站到门廊的台阶下面了：“如果可以的话，试一试呗。要不把它放在这块铲过雪的地上，看看怎么样。我是说如果可以的话，不试也行，随你的便。”

路易打开毯子，把瘦小的温斯洛放下来。它摇晃着，细长的腿东倒西歪，慢慢才站直了。

温斯洛转向了诺拉，走了两步又停住了，颤颤巍巍的，然后又跌跌撞撞地走完其余的路程。它靠在诺拉身上，蹭着她的靴子，直到她弯下腰摸了它的脑袋。

“我觉得它喜欢你。”路易说。

“不，不。”她又摸了摸温斯洛，“你不觉得吗？其实它并不是喜欢我。驴子都这样的，我打赌，它们见到谁都会屁颠屁颠地跑过来的。”

“也许吧。”

“嗯，那我要走了。喏，你最好把它再裹起来。对了，我有个很不错的主意哦。”

“什么？”

“你可以让它在屋子里跑一跑。我是说在楼上，不是地下室。但你得提前给它穿上尿布。”

路易吓了一跳：“尿布？”

“对啊，我听说有一个女人就给小羊羔穿了尿布，你懂的呀，这样屋里就不会臭烘烘、脏兮兮的了。”

“尿布啊？”

“对，尿布。我要走了。”

路易目送着穿了大黑外套、大黑靴子，戴了亮黄色帽子的诺拉离开。

麻烦来了

一听到蓝色旧卡车的隆隆声，路易就知道是皮特叔叔来了。

皮特叔叔是个大块头，他手大脚大，又高又壮。他问候别人的时候通常都是先低吼一声：“嗨，你好啊！”接着拍拍对方的肩膀。不过这

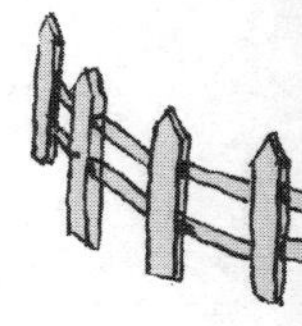

一拍的力道太大，老是把路易拍得站立不稳。

“嗨，你好啊，路易！哎哟，小心点儿，别摔着。你这小身子骨儿得多长点儿肉啊，孩子。”

皮特叔叔是路易爸爸儿时的伙伴，并不是路易的亲叔叔，可爸爸妈妈一直都把他当作孩子的亲叔叔对待。

“麻烦来了。”妈妈说。她看见皮特叔叔时一般都会这么说。

“哈哈！就是我，麻烦是我的小名。”他的脸冻得通红，“今天外面可真冷啊。那头可怜的小毛驴怎么样了？有没有对你哇哇叫？”

“一直都挺好的，但是今天早上有点儿不对劲。”路易说，“你快来看看吧。”

路易前一天晚上给温斯洛喂了食，然后和它一起睡下。温斯洛待在小围栏里，路易就睡在旁边的小床上。温斯洛一般会在凌晨四点叫醒路易要吃的，可昨天，路易一整夜都睡得很熟，没听到温斯洛叫他。

路易醒来后都快七点了，他松了一口气，以为没准儿现在温斯洛能睡一整夜了。过去的一周里，路易每天都晕乎乎的，老是觉得不清醒，总觉得坐着就能睡着似的。

但当他打开围栏时，温斯洛并没有像往常一样挣扎着站起来，或者转头看向路易。它没有发出任何叫声，没叫“求求你”，也没叫“咩咩咩”，它只是侧身躺着，呼吸微弱。

当路易抱起温斯洛的时候，它软绵绵地倒在路易的怀里，还是没醒过来。

路易用毯子按摩了它的身体，用一块冷毛巾放在了它脸上。“唉，温斯洛，精神点儿。怎么了？哪儿不舒服呀？”

路易努力地回忆自己有没有做错的地方，冲奶粉是不是没做对，奶瓶是不是不干净……可他想不起自己昨晚做的有什么跟以前不一样。

他把爸爸妈妈喊过来，又跑到隔壁去请来麦克的爸爸。麦克的爸爸虽然不是兽医，但很了解

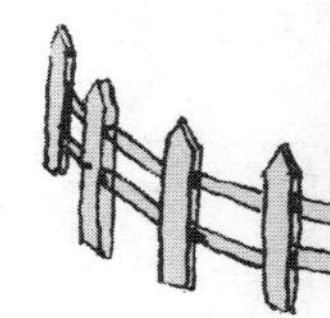

动物。

麦克的爸爸说："可能是感染了什么病菌吧。要找兽医检查一下，给它打抗生素。"

"我有哪里做错了吗？"路易问。他把温斯洛抱在胸前，抚摸着它的小脑袋。

"新生小动物都很脆弱的，"麦克的爸爸说，"空气里飘着的随便什么旧病菌，它们都有可能中招，能活下来就是个奇迹。"

麦克的爸爸给一位退休的兽医好朋友打了电话，对方马上就过来了。兽医给温斯洛做了检查，然后给它打了两针，还留下了一份继续用药的处方。

"没事的，孩子。"兽医跟路易说，"它可能会挺过来，可要是挺不过来，你也已经尽力了。这种事情很正常，即使什么都做对了，可还是会……"

他没说完的话悬在了半空中。

兽医临走之前交代："每天必须给它打一针，

至少要坚持十天。”

“什么？谁呀？我吗？”路易说。

“我教你。我孙子也会打针，而且他才九岁。”

“打针？你想让我打针？！”

“看好了。”他给路易示范怎样往注射筒里放药水：看好水平线，把药水里的气泡拍掉，然后插入针头，注入药水。

“在橘子上试试，你肯定可以。”

“可……可是……”

“你可以的。”

过了一会儿，在皮特叔叔来的时候，温斯洛已经更活泛了一点儿。它喝了几十毫升的牛奶，眼睛也睁开了，可还是没站起来，呼吸也很微弱。

皮特叔叔轻轻地抚摸着温斯洛，一只大手盖住了小驴的大半个身子。“是的，”他说，“它

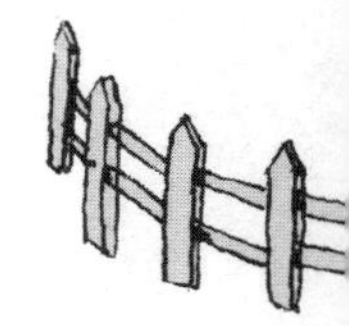

生病了，这可真不幸。不过，你能让它活了这么久，已经很不错了。”

“可它会挺过去的。”路易说。

“唉，可它的妈妈没能挺过去，我的 LGD* 昨天死了。它生小驴受的苦比我想的要严重得多。”

“可温斯洛会挺过去的。”路易坚定地说，“它会的，它会的。”

那天晚点儿的时候，路易想起来，格斯曾经告诉过他，LGD 的意思就是小灰驴。

“温斯洛，你就是我的 LGD，你能挺过去的，对吗？”

* LGD：全称 Little Gray Donkey，小灰驴。

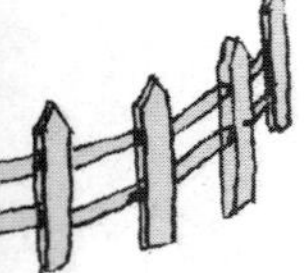

它怎么了？

“**路**易？你醒了吗？那个女孩子在门口呢。”妈妈说话的时候，路易正躺在沙发上，把温斯洛用毛毯裹住抱在怀里。

“哪个女孩子？”

“你知道的呀，你叫她‘大黄蜂女孩儿’。”

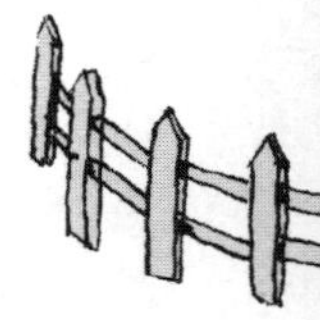

“哦，诺拉啊。她在干吗？”

“走来走去的，她可能想进来吧。你最好自己去瞧瞧，我去估计会把她吓走的。”

路易抱着温斯洛走到门口。果然，诺拉正在门前的人行道上转悠着。

“嗨！”他喊她，“你来看温斯洛吗？”

“我只是正好路过。”她说。

“哦，那你想看看它吗？”

“不太想。不，我还是看看它吧。那你用那个毯子包着，把它带出来？”

“还是你进来吧。”路易说，“我今天不能带它出门，但如果你愿意的话可以进来看它。”

诺拉朝街上左右看了看，然后用靴子踢了踢雪堆。她还穿着日常的那套衣服，但是路易发现，他并不是很清楚诺拉的长相，因为她一直缩在那件宽大的外套里，帽子拉得很低。他看不出诺拉是胖还是瘦，头发是长还是短。

她从人行道上慢慢走过来，像是在犹豫要不

要进来。路易把门又打开一些。

“快进来吧。”他说，“门不能老开着，温斯洛会着凉的。”

“那好吧。”诺拉说着走了进来。她把靴子上的雪跺掉，假装漫不经心地、小心翼翼地往路易怀里那团毛毯底下看了看，路易把毛毯掀开了一点儿。

“它怎么了？”诺拉问，“它有什么问题是吗？看得出，它没力气。”

“它生病了。”

“我就知道。”

“什么？”

“就知道会这样！”诺拉用力跺了跺脚，“好生气啊！我不想见到这种事！我就知道。”

“等一下……”

“我得走了，得走了！我就知道！”

就这样，诺拉走了，一路用力地跺着靴子，走出人行道，沿着大街走了。

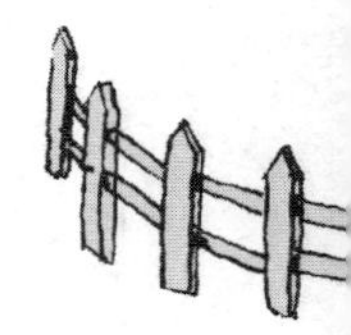

你看见那束光了吗？

在路易三四岁的时候，有一次在半夜里醒过来，看到窗外的天空是银白色的，特别明亮。透过窗户，投射进来一束长方形的光，长长的光柱打在房间里，落在了床头，洒到地板上。

他以为自己到了另外一个世界，也许是一

个太阳散发着银光的世界。也许那是白天，不是晚上。

路易走到窗前，看到银色的光照耀着整个天空，树在草坪上投下长长的黑影。

他在家里到处走，从其他窗户往外看，到处都能看到银色的天空，到处都能看到黑色的影子。

他叫醒格斯："有些奇怪的情况呢。你看见光了吗？"

"那就是月光呀，"格斯说，"今晚的月亮是圆的。"

格斯带路易走到房间的另一头，从卫生间的窗户看出去，在邻居家的屋顶上，一轮圆月正挂在天空上。

"看见了吗？"格斯说，"不要担心，这不稀奇的。"

路易回到床上，心想：不稀奇？银色的光不稀奇？那为什么他以前从来没看见过呢？为什么今晚的银光弄醒了他呢？

打针

路易第一次给温斯洛打针的时候紧张得差点儿晕过去。

他不断地鼓励自己："我行的，我行的。"可他还很心虚。他害怕出错，害怕伤到温斯洛。温斯洛生病他就差点儿承受不了，要是伤到它，

就更难过了。

在路易准备针筒的时候，爸爸抱着温斯洛。有那么一会儿，路易感到头晕和恶心。把针扎进去，注射药水时，他感觉就要吐了。温斯洛抽搐了一下，但并没有叫。

“我做到了吗？”路易问爸爸，“我做到了，是吧？”他把温斯洛抱得更近一点儿，轻轻地按摩着刚才打针的地方。

“你好像很惊讶嘛。”爸爸说。

“嗯，是的。特别惊讶，也松了一口气。”

“我也是。”爸爸说，“惊讶，而且松了一口气。”

“我以为自己会吐出来呢。”

“我也是。我以为咱们俩都会紧张得吐出来呢。”

再要给温斯洛打针的时候，路易求爸爸去打，可是爸爸说：“不行，是你在照顾它的。你一定行的。”

这一次，当路易掐住一块皮把针头打进去时，针头从另一头穿了出来，药水射向了空中。

路易真想把针筒扔到地上，然后大喊："我做不到！做不到！做不到！做不到！"可他看了一眼可怜的温斯洛，就又硬着头皮试了一次。

这一次针头没有打在皮下层，而是直接打进了肌肉。温斯洛尖叫了一声，路易哭了起来。

"对不起，温斯洛！我不想弄疼你……我做不到……我不能治好你……"

路易觉得好无助啊。

他想象着自己出生时在恒温箱里的感觉。他有没有被人又掐又戳又刺的呢？给他打针或者插管子会不会很难呢？他哭了吗？医生护士会觉得很无助吗？爸爸妈妈哭了吗？

路易打错针的肌肉位置上肿了起来，路易抚摩那里的时候，温斯洛动了动。

后来，打针变轻松了些，可温斯洛对药水的反应很慢。

“它怎么没有马上好起来呢？”

“药物起作用是要有时间的。”爸爸说。

“可要是没作用怎么办？”

路易盼着温斯洛能立刻、马上、现在就好起来。他很郁闷，因为他不知道自己是帮了温斯洛还是伤了它。

更让他郁闷的是，他并不知道温斯洛还能不能继续活下来。

有时候，路易感觉，拯救温斯洛就能保护格斯，好像他们两个在冥冥之中有什么联系一样。

有一天，麦克和克劳丁来到门口，大声地叫路易。等路易开门的时候，他们惊讶地看见，温斯洛从走廊上晃晃悠悠地跟在路易的后面。

“不太稳，但起码在走路了。”麦克说。

“哇——”克劳丁说，“尿布！”

的确是的：一头穿着尿布的小驴，在楼上的

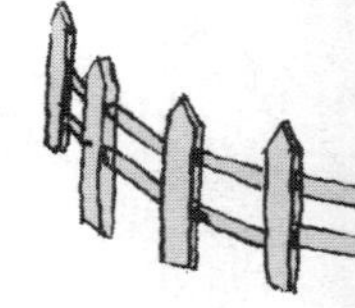

屋子里，而并不是在地下室。

“我知道它在楼上很奇怪，”路易说，“可每次我从地下室上楼，它好像都很难过，会一直一直用脑袋去撞楼梯。”

克劳丁把手放在了路易的胳膊上：“可你必须要……那个……必须要换尿布吗？”

“呃……是的。我也不太喜欢做这种事。而且，我还得给它打针呢。”

“打针？你会打针？”

“还在学习中。”

克劳丁摸了摸路易的头：“它能挺过来吗？”

“能挺过来的。”路易坚定地说，“能的。”

克劳丁表示同情地歪歪头：“不过，我大概不会这么投入的。我是说如果换了我的话，我会伤心死的，要是，你知道的，要是……”

路易打断她的话：“嘿，诺拉呢？”

克劳丁摸了摸路易的胳膊：“哦，她不想……你懂的……”

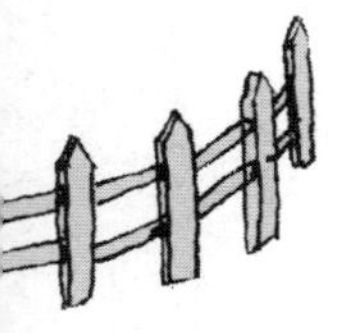

“什么呀？我懂什么？”

“咱们该走了吧，麦克？你不是要去……去那什么地方……去……去干那什么事来着吗？”

麦克眨巴了几下眼睛，说：“哦，对啊，要走了。回头见，路易。再聊啊。”

路易看着他们往隔壁的麦克家走去，克劳丁在前，麦克跟在后，走在铲过雪的狭窄的小路上。

麦克跟着克劳丁的样子，让路易想起了温斯洛整天跟在他后面的样子。

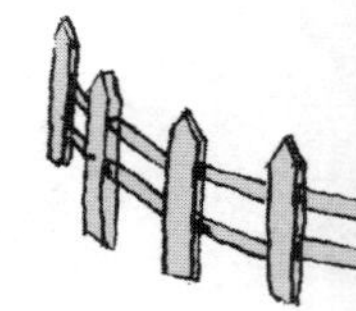

所有的驴子都很悲伤吗？

在寒假结束重新开学的时候，路易并不舍得离开温斯洛。

他每天上学前都给温斯洛喂吃的，然后往围栏里塞两只玩偶和一件自己的衬衫给它，衬衫上面有他的气味。爸爸妈妈午休时轮流回来给它喂

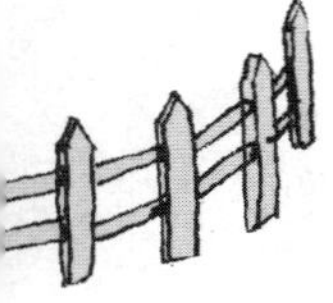

一顿午饭，等路易放学回来再来喂下一顿。

路易一整天都想着小驴：它没事吧？够暖和吗？它孤单吗？路易几乎没办法集中注意力上课，他甚至在作业纸边上画了小驴的涂鸦。

他去学校的图书馆找关于小驴的书，可没找到，有狗、马、羊、牛的书，就是没有小驴的。

图书管理员递给了他一本《小熊维尼》，打开给他看一幅有小驴的画。

“你快看！”她愉快地说，“屹耳！非常有名的小驴呢。”

路易有些难为情。他觉得这本书对他来说太幼稚了，而且他早就知道屹耳了，它是小熊维尼的朋友，总是很悲伤。

所有的驴子都很悲伤吗？路易默默地想。

在第一天放学回家的时候，路易看见温斯洛站在围栏里，鼻子抵着栏杆，像小狗一样摇着毛

茸茸的尾巴。他松了一口气。

“温斯洛！你看见我很开心是吧？”

温斯洛又是扭又是晃的，蹭着路易的脸和脖子。

“你不悲伤，是吗？”

温斯洛冲出围栏，扑到路易的腿上，几条腿扭成一团，往下直出溜，竖起来的大耳朵搔着路易的脸。

你没必要这么做

在学校里，路易很少见到诺拉，就算见到了，她也经常是独自一人，要么是在走廊上远远地落在同学们的后面，要么是一个人坐在那里吃午餐。她没有穿着大外套和大靴子，路易一开始都没认出她来。

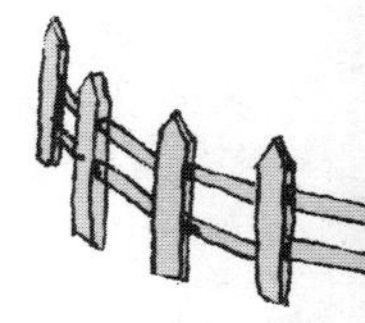

有一天午餐时间，他端着盘子在她对面坐下。

“你没必要这么做。”她盯着自己的三明治说。

“做什么？”

“坐在这儿陪我。”

“我知道，我知道没必要。可能是我想坐在这儿呢。”

“好吧。”

两人各自默默地吃了一会儿，然后诺拉问：“那玩意儿……那个生了病的小家伙怎么样了？还没死吗？”

“它是一头小毛驴，它的名字叫温斯洛，它没死。”

她不再看三明治，抬起头说：“只是现在还没死。”

“它的情况挺好的。”路易说，“你改天过来看看它吧。”

“我会考虑一下的。”

在接下来的星期六，阳光和煦，天气比前几个星期都暖和，雪大部分都融化了。路易在院子里转着圈子，温斯洛就跟在他的身后。

“你可以给它弄一条皮绳。”有人说。

路易扭头一看，原来是诺拉正站在人行道上。

“弄一个项圈和一根皮绳，”她说，“就可以像遛狗一样遛它了。”

“这主意不错。”路易说。

“我家里有项圈和皮绳。”

“有吗？你养狗了？”

“养过。以前养过。”

“好遗憾啊，”路易说，“可惜了。”

“什么可惜了？”

“这个嘛，你以前养过狗，现在不养了，那它肯定是……它是不是……呃，可能是死了，对吗？”

“呵，它也可能逃走了呀。”诺拉说。

“哦，它逃走了？”

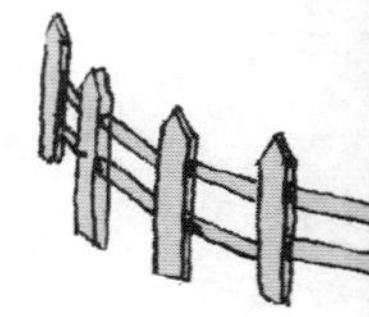

“不是，它死了。”

有的时候，路易跟诺拉说话的时候，感觉她就像在讲外语。

“你想摸摸温斯洛吗？”

“你为什么叫它温斯洛？”

“不知道。第一次看到它，我就想到了这个名字。”

诺拉脱下一只手套，试探性地摸了摸温斯洛的脖子。它晃了晃脑袋，扇了扇耳朵。

“这说明它很开心呢。”路易说。

“也许吧。”诺拉承认道，“或者，它对哪个老家伙都会摇头晃脑。”

记得我

路易在书架上找到了一张格斯寄来的明信片。那张明信片本来是放在书架上的，却滑到了书本当中。

路易喜欢反复读格斯的信。即使他写的内容都不太要紧，可看到他的字迹，读到他的话，还

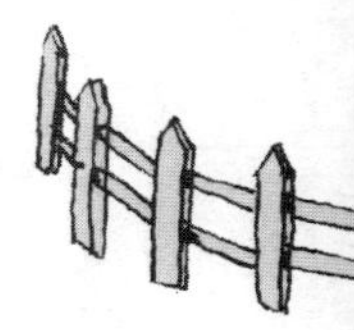

是让路易感觉，格斯随时都可能走进房间。

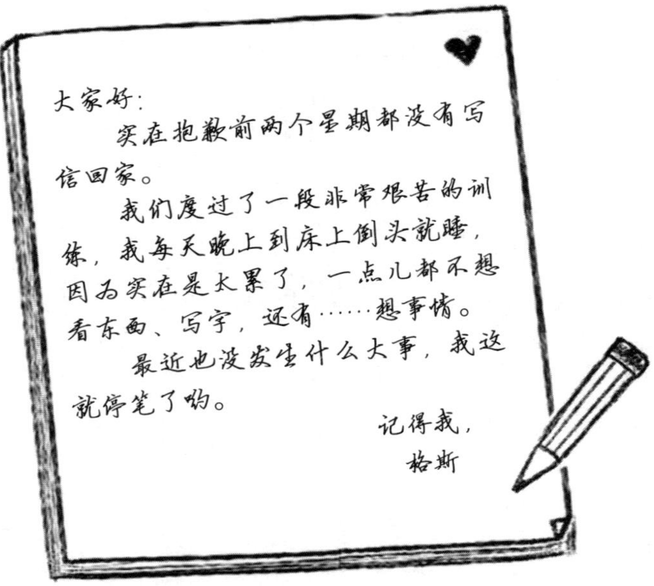

大家好：

实在抱歉前两个星期都没有写信回家。

我们度过了一段非常艰苦的训练，我每天晚上到床上倒头就睡，因为实在是太累了，一点儿都不想看东西、写字，还有……想事情。

最近也没发生什么大事，我这就停笔了哟。

记得我，

格斯

戴着黄帽子的女孩儿

夜里下了一场新雪，在星期六的清晨，路易的妈妈说："诺拉又在外面站着了。她为什么不到门口来呢？难道你们有心灵感应，站得远远的就能知道她在外面吗？"

诺拉正在房子前面的人行道上徘徊，手里还

甩着什么东西，那是一条绳子吗？

“诺拉？你要进来吗？”

“我只是正好路过，所以给你带来了皮绳。”

“皮绳？”

“给小驴用的。要是你想遛它的话，我还有一个项圈。你知道有了这些东西可以做什么吗？”

“做什么？”

“你可以把小驴带到我们之前滑雪的那座小山上去。”

就这样，路易跟诺拉终于给温斯洛戴上了狗项圈和狗绳，牵着它，还拖着一个雪橇，沿着大街走向了滑雪的小山丘。

“跟温斯洛一起玩玩滑雪吧。”诺拉说，“试试看，没准儿它会喜欢呢。”

路易把温斯洛拥在怀里，坐在雪橇上，然后让诺拉一推，他们就从山上滑下去了。

温斯洛的耳朵在风中狂扇，打在路易脸上。雪橇先是左转，紧接着右转，最后笔直地滑下最

后一个陡峭的斜坡。

“哇！”路易大喊。

诺拉站在山顶，戴着手套拍起手来，她戴着黄帽子，穿着鼓鼓囊囊的黑外套和黑靴子，就像一个大黄蜂形状的灯塔。

“轮到你了。”路易催她。

“不要，不要。”

“一定要。温斯洛很想再来一次，喏——”路易把温斯洛推到诺拉的怀里，把雪橇扶稳当。

“哦，如果一定要……”

然后，就从山坡一路传来了奇怪无比的叫声：“呜——啦——哇，呜——啦——哇……”而且这叫声只有一半是温斯洛叫的，其他的声音都是诺拉的。

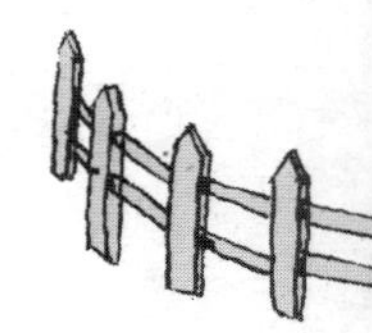

相思病

有一天，路易在放学回家的路上碰到了麦克。麦克不像往常那么劲头十足了，他垂着头，耷拉着胳膊。

“嗨，麦克，怎么了？你的样子……看起来挺衰的。”

“多谢夸奖。”

“你病了吗？”

“是的，我病了。”麦克用手捂住胸口，“是相思病！我没治了。”

“是克劳丁吗？”

“是啊，克劳丁，克劳丁，除了克劳丁还有谁啊？！她都两天没跟我说话了。两天啊，路易！花儿都谢了。”

“你惹她生气了？”

“她说，我快让她透不过气来了！关心过头了！对一个人，怎么可能关心过头呢？我以为女孩子都需要关心呢。”

路易从来没想过女孩子要什么，甚至也没想过男孩子要什么，或者两者有什么区别，再或者是不是每个人想要的都不一样。路易唯一一次记得感觉到有人对自己关心过头是在二年级，有一个新转来的女生不太会说英语，从开学的第一天开始就黏着路易。

“你就叫我小饼干。”她拽着路易的胳膊说，“这可是最最最好的名字呢。”

小饼干这么快就找到了朋友，老师似乎挺高兴的，她让路易跟小饼干坐同桌，帮她熟悉情况，带她参观学校。

“我？”他说，“您是在跟我说话吗？”

“当然啦，路易，我就是在跟你说话。谢谢你对小饼干这么热情。”

从那以后，除非他们俩有人要去洗手间，小饼干都跟在路易身旁寸步不离。

从早上在学校操场看见路易的那一刻开始，一直到下午放学铃响，她都跟着他。如果不是她要乘另一个方向的车回家，而路易要走路回家，说不定她还会跟路易一起回家。

被小饼干过度关注了三个星期之后，路易跟妈妈吐槽说：“我要憋死了！小饼干老是贴着我，问东问西的，到处跟着我，还勾着我的胳膊——我受不了了！我不想去上学了！”

“你可以跟老师申请一下，和小饼干暂时分开一段时间。”

“小饼干老缠着我，我哪有可能去找老师啊？”

“能找到机会的，一定能。”

几天以后，小饼干去了洗手间，他果真找到了机会。路易一路飞奔，去找了老师，诉了苦，求老师把他从小饼干手里救出来。

“呵呵，”老师说，“有一天没准儿你会很渴望这样的关心呢。不过我理解，我会鼓励小饼干跟其他同学交朋友。”

果然，小饼干渐渐地交了其他的朋友，而且似乎很快就不太在意路易了。虽然路易松了口气，可他也很困惑，她这是不再喜欢他了吗？

而现在，就在回家的路上，他旁边是想“女朋友”想得害了病的麦克。

路易说：“啊，你可以冷落她几天，看看怎么样。没准儿她也会想你的。”

“你什么时候变得这么机智了？”麦克边问边推了路易一下。

“大概是跟温斯洛一起玩儿的原因。哎，来我家看看它吧，它能把你逗得笑哈哈。”

到家以后，温斯洛屁颠屁颠地钻进两个人的怀里，扇着软乎乎的耳朵，麦克走的时候真的笑哈哈了。

“这头小驴！”麦克说，“这头小驴逗死我了。”

一幅画

在路易床的正上方挂着一幅画，或者更准确地来说，是画家原作的一幅复制品。

画里是一个小男孩儿在用绳子拉着一头犯了倔脾气的小牛犊。这像是男孩儿跟小牛之间一场安静的拔河比赛，双方都很坚决。

他们身后有金黄色的草堆和开阔的田野，远处的小鸡们在地上啄来啄去。近处还有两个男孩儿站在一旁，看着那个小男孩儿和倔脾气的小牛。

在医院新生儿加护病房门口的等候室里，也挂着这样一幅复制品。路易出生后，爸爸妈妈在那个等候室里待过很长一段时间。

男孩儿和小牛的执着，让他们深有感触，也给了他们平静。

这位画家的名字就是温斯洛·霍默★。

★ 温斯洛·霍默（1836—1910），美国著名的风景画家和版画家。他开创了一种特色鲜明、既现代又古朴的画风，艺术贡献十分卓著。

有什么事吗？

春天来了。在早春时节，草木中抽出了一簇簇新鲜喜人的嫩绿，阳光从薄纱窗帘里透了进来。

路易跟温斯洛一起在院子里玩耍着，温斯洛笨拙地到处奔跑。这真是完美的一天啊，岁月静

好，一切似乎都很完美。

诺拉也过来了。她说是“正好出来走走”，这是她一向的说辞。她没穿笨重的黑外套和黑靴子，也没戴那顶黄帽子，显得比平时更瘦弱、更小了。

走进院门时，她好像有些担心。

“有什么事吗？”路易问。

“没有，没什么。”

温斯洛热情地用脑袋去顶诺拉的胳膊，直到她开始抚摸它。她忍不住笑了。

“它现在跟你可熟了。”路易说，“它刚才一直往街上左看右看的，应该是在等你呢。”

“啊，这样我会伤心的。”

“伤心？为什么伤心呀？我以为你应该开心才对呢。”

“唉，它以后该怎么办呢？麦克说这里不能养它太久的，因为它的个头会长得太大，叫声也会变得太响……”

路易听到这话并不觉得意外，爸爸妈妈在这个星期刚开始的时候也说到过这件事。温斯洛越长越大，他们在车库里临时加的围栏对它来说空间都已经不够大了。

而且，它最近的叫声变得很响，不仅让邻居们越来越烦，连爸爸妈妈都有点儿烦了。

诺拉把头靠在温斯洛的脖子上，她自己的黑色鬈发和温斯洛的灰黑色鬃毛混在了一起。

“我敢打赌，你最后肯定得送走它。它再也不会这么自由、开心了。它可能会生病，然后伤心地死掉。”

路易拽住温斯洛的脑袋，把它从诺拉身边拉开。“你干吗老是这么悲观啊？”他说。

诺拉又把温斯洛的脑袋拉回来，说：“做好心理准备呗。你干吗老是这么盲目乐观呢？”

“盲目？”路易又把温斯洛的脑袋扯回去，用胳膊紧紧圈住温斯洛的脖子，“我才不是盲目乐观呢。我是做最坏的打算，抱最好的希望。”

诺拉一动不动地站着，两只手臂直挺挺地垂在身边：“那么，你肯定会经常失望的。”

“那你肯定会经常伤心的。”

“不会，我只是很现实。”她说，“还有，你说话很过分。”

“不过分。”路易凑近温斯洛的脸，“过分吗，温斯洛？我很过分吗？”

温斯洛呼噜了一下嘴唇，舔了舔牙齿。

“看见没？”诺拉说，“它觉得你很过分！它支持我。”

“才不呢，它支持我。”

温斯洛用脑袋拱了拱两个人，又踢了踢后腿。

格斯的来信

所有格斯寄来的明信片和信件都被放在客厅的一个蓝碗里。从格斯参军到现在，每当路易或者爸爸妈妈特别想念格斯的时候，他们都会选一封然后再读一遍。

路易挑了一封格斯写给自己的信，带回了

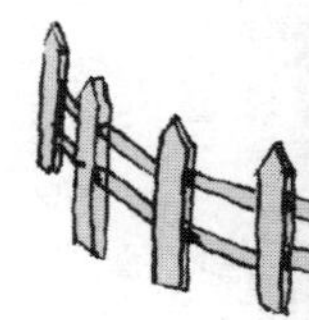

房间。

嗨，路易！

我真的好想你啊，路易。你长大点儿了吗？在我回来之前，你可别长得太大了，好吗？

我真希望马上回家看见你和爸爸妈妈啊，我想家了。我听说你养了一头小驴，是真的吗，真实的一头小驴？

今天我吃了一条蛇，我是说真的蛇哦。我必须得宰掉它，然后煮了吃掉。你可别告诉妈妈。

记得我，

格斯

路易是躺在格斯的床上读的这封信。

读完之后，他假装自己是格斯，正躺在床上。他学着格斯的样子把鞋子从床尾踢掉，还学着格斯的样子，把一只枕头扔到他自己的床上。

他注视着格斯摆在书架上的奖杯，还有他斑

驳着点点汗渍的棒球帽。

路易打开衣柜，闻了闻格斯衣服上的味道。他挑了一件格斯最喜欢的足球衫——红黑相间、印了 21 号的那件，然后穿到了身上。他站在镜子前说：“我就是格斯！”

最后，他重新躺回格斯的床上，感受着哥哥离开后巨大的空虚和失落。

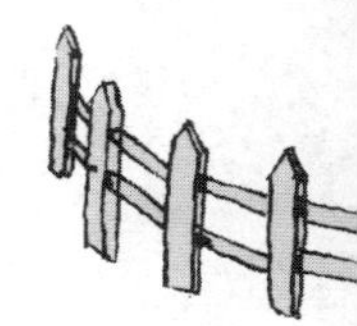

不要走

早晚的天气渐渐暖和起来了，温斯洛住到了跟车库相连的围栏里。路易的爸爸在车库的屋顶上做了一个延伸出来的挡篷，还把围栏的一部分给封起来，给温斯洛遮风避雨和防晒。

得尽快想一个新的法子了，他家的院子可不

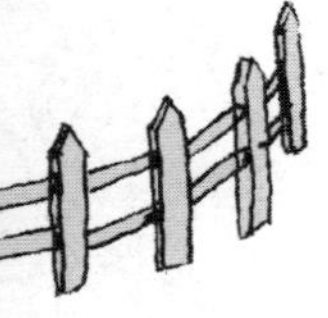

是随随便便能养驴的。因为院子不但太小，而且离邻居们还特别近。

温斯洛现在正学习驴叫，它整天咦嗷咦嗷的，发出聒噪而响亮的吼叫声，邻居们纷纷讨饶。

“我承认，这头小驴是个可人疼的小家伙，可它叫得实在是让人脑袋瓜子疼得慌，就是这儿，我眼睛后头疼。”

“它是在练习发出警告声呢，”路易说，“有陌生人在的时候。”

“你是说像邮差那样的陌生人吗？还是送货员？猫？松鼠？”

“有的时候，它好像在……呃……唱歌。”有位邻居说。

“我也发现了。”路易同意道。

“可是这唱得也太差劲了吧。如果这都叫唱歌的话，那它真该去上上音乐课了。”

最生气的是住在隔壁的图利太太，她家在麦克家的反方向。图利太太从来都不是很友好，她

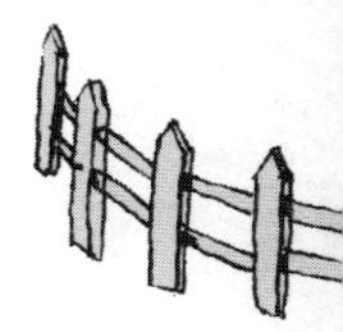

发牢骚也就不稀奇了。

有一天，路易的妈妈给她送去一罐汤，图利太太说：“不用了，谢谢。邻居之间的客套，我可喜欢不来。”她家也从没出现过图利先生，其他的客人就更少了。

秋天，当路易主动提出帮她清扫院子里的落叶时，她说：“你走开吧，管什么叶子不叶子的，随它们去吧。”

不久前，路易给自己家的人行道铲完雪后，接着给图利太太家的人行道铲雪。她打开门说：“我可没钱给你。”

“没关系的。”路易说。

“那就别费劲了。”

现在，图利太太来抱怨温斯洛的事了。她会恶狠狠地打开窗户，大喊说：“这头驴子都把我们家的宝宝给吵醒了！让它别叫了啊！”

麦克家就从来没有抱怨过，可麦克也提过，温斯洛也许更喜欢跟其他动物生活在一起。“你

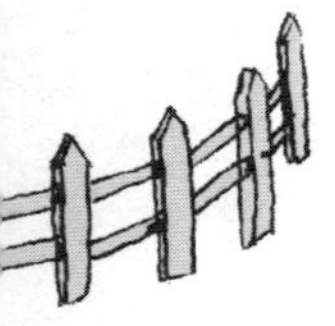

皮特叔叔的农场怎么样？小驴一开始不就是从那儿来的吗？”

路易都不敢想把温斯洛送走的事。有谁能比他照顾得更好呢？要是温斯洛又生病了怎么办？要是温斯洛觉得路易抛弃了它怎么办？

夜里，路易往格斯的空床上看了看，心想：先是格斯走了，现在又轮到温斯洛了？

“不要走，不要走，不要走。”路易把头蒙在枕头里喃喃自语。

温斯洛很好奇

温斯洛变得越来越好奇了，而且最喜欢用嘴巴证明它的好奇心。它咬断过两根电线（幸好没插电），嚼烂过塑料桶、报纸和外套，舔过车库地上的一摊油，啃过门框，还撕咬过一块旧油布。

温斯洛在各种东西之间窜来窜去，闻闻气味，尝尝味道。每过几分钟，它就会回到路易的身边，用头蹭蹭他，好像在说："我还在这里呀，你呢？"

"它就像一只小羊羔，"麦克说，"随时随地都跟着你。没准儿它把你当妈妈了。"

"什么啊？"

"好吧，你想想啊，它就认识你这一个亲人，它都不知道其他小驴长什么样，甚至都不知道自己是一头小驴！"

那天晚上，路易梦到他自己的爸爸妈妈也是小驴。他在梦里想：这样我肯定也是小驴啦！

温斯洛嗷嗷地叫了一声，像是在回答他。

这叫声，可能是外面传来的，也可能是梦里的。路易也不太确定，毕竟他还在梦里呢。

温斯洛！温斯洛！

有一天早上，路易在上学前去围栏边给温斯洛喂食的时候，发现围栏里是空的，而且大门是开着的。

是我忘记关门了吗？路易很纳闷：我确定关了呀。很可能关了吧。到底关了没有啊？

他冲到大街上，朝着各家的后院呼唤小驴。

“温斯洛！温斯洛！”

爸爸妈妈跟麦克也一起找。他们进出各家的车道，往灌木丛里张望，大街上都是“温斯洛！温斯洛！”的呼唤声。

找不到温斯洛。无影无踪，无声无息。

“我不能去上学了。”路易告诉爸爸妈妈。

“可是我们要去上班……”

“好吧，可我必须留下来找温斯洛。”

麦克说：“我也留下来吧。我和路易都可以去找温斯洛。要是找得到它的话……”

“等我们找到它。”路易纠正说。

“好吧，等我们找到它，再去上学。”

他们回到围栏边，想要看看小驴有没有留下什么痕迹，可是除了几处温斯洛和路易经常走动所以磨损了的地面外，什么异常都没有。

“希望它别乱走到大马路上。”麦克说。

“不要这样想，没准儿它在谁家的花园里睡

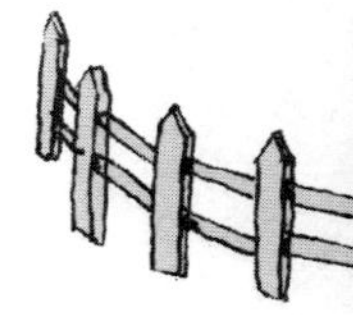

觉呢。”

他们就这样在街上来来回回地找，进出各家的车道，穿过各家的前院后院，引得邻居们纷纷打开门窗。

“你家的小驴不见了？”

“今天没见到啥小驴。”

“温斯洛是谁啊？”

“温斯洛是你家的狗吗？”

路易一条街接着一条街地往前跑。他叫着温斯洛，声音越来越响。开车路过的人问他怎么了。还有些老奶奶跑到门口，暗中观察这个在居民区里奔跑的男孩儿。

“肯定是他家的狗走丢了。”

“我家的狗原来老是跑出去，他家的狗肯定也这样。”

路易越来越着急。他朝着天空乞求着：“求你了，求你了，温斯洛，求你了，你在哪儿啊？”

他努力地想着温斯洛会去的地方。它有可能

在到处游荡，迷了路，很害怕。路易突然回忆起跟温斯洛一起在小山上滑雪橇的画面，还想起被它的耳朵挠痒痒的感觉。

滑雪橇的小山？那里的雪肯定早就融化了，山上长着茂盛的青草。可是没准儿，没准儿，温斯洛会跑到那么远的地方呢。

于是，路易往那个方向跑去。他现在很累，喘着粗气，心里又急又怕又痛。他不敢想象失去温斯洛的情景，他也不愿意那么去想。

他转过马路拐角，往山顶上看去，突然有了一个发现：有什么东西或者人在那儿。太阳从山上往这边照着，在强烈的光线中，路易只能看见一团奇形怪状、鼓鼓囊囊的东西。

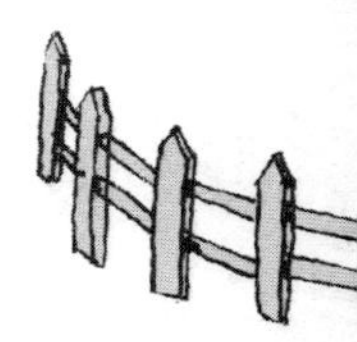

熊

在路易四五岁的时候，有一次意外遇到了一头熊。

那时，他正在院子里，突然看见一头熊正躲在车库附近的橡树旁。

他想叫却又叫不出声，因为嘴里发不出任何

声音。他想跑却又跑不了，因为腿是僵硬的，胳膊是麻木的，他丝毫动弹不得。

大风呼呼地吹，树枝被刮得摇来晃去，枝条发出飒飒的响声。

那头熊向着橡树的方向挪动，离得又近了一些。

救命！路易想要叫出来，救命！可他只能听到自己脑子里的叫喊声。

我可以装死，这样熊就不会拿我怎么样了，没准儿它就会走开了，路易想。

路易慢慢往地上蹲下去，蜷缩成一团。他努力保持不动，胳膊痒了，不能去抓，想咳嗽也不敢。

大风在吹，熊还在那里，向着橡树一点点挪近。

路易趴了好久好久，久到他都睡着了。

熊爪子在碰路易的肩膀，他被弄醒了。

“不要！”路易叫喊起来，“不要，求你

了，不要！”这些词急匆匆地从他的喉咙和嘴巴里涌出。

可是，当他睁开眼睛的时候，看见的不是熊，而是哥哥格斯正在推他的肩膀。

“你怎么了？”格斯问，“这里只有我呀。你在这外面睡着了？”

路易抬头四处张望，想要寻找那头熊的踪影。

“那里！”他大喊，“小心，那里有一头熊！”

格斯随着路易的目光，慢慢地看向熊的方向。

“不要，格斯，别去，别去……”格斯正想走过去的时候，路易突然抓住了他的胳膊，拼命想把他拽回来，“格斯，别去……”

可格斯还是去了，靠近那头熊的时候，他把它高高举起，然后回头面向路易。

“这个吗？这就是你说的熊？”

他举着一件蓬松的棕色外套。

“可能是麦克的。”格斯说，“他老是把东

西忘在这里。”

路易这才松了一口气。他感觉自己快虚脱了，也感到非常难为情，他竟然害怕一件外套。

“别告诉爸爸妈妈。”路易说。

“我不会的。”格斯答应说，“我有一次还害怕过蛾子呢。”

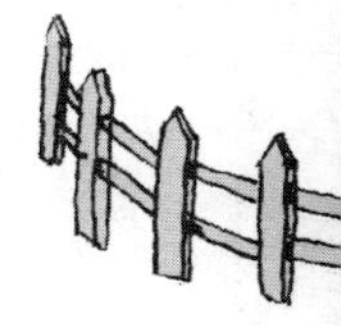

嘘——它在睡觉呢

当路易盯着山顶上的那团东西看时，关于外套熊的往事突然从脑海里冒了出来。

他找温斯洛跑得直喘粗气，又担心又害怕。他真希望此刻麦克就陪在他的身边，可是麦克现在去了其他的方向。

路易慢慢地走上山。他没有从滑雪橇的那一面，而是从背面的坡走上去，阳光直直地照在他的眼睛里。他突然感觉好像听到了哼哼声。

走完最后一段，他才总算是看清楚了。

“诺拉？”

她猛地转过身，用手指按在嘴唇上：“嘘——”

诺拉盘腿坐在草地上，温斯洛就在她的身边。

“温斯洛！我们都在找……”

“嘘——它在睡觉呢。它很累。”

诺拉，以及大部分不爱说话的人真的是很让人抓狂，路易搞不清他们到底在想什么，甚至不知道他们到底有没有在想。有的时候，他都想在他们的脑袋上钻个洞，往里偷偷看一下。他觉得，那样就能知道他们心里在想什么了。没准儿，那些话就写在他们脑子里的大屏幕上。

说话太啰唆的人也让路易很抓狂。他们的嘴巴滔滔不绝：吧啦吧啦吧啦吧啦……你知道

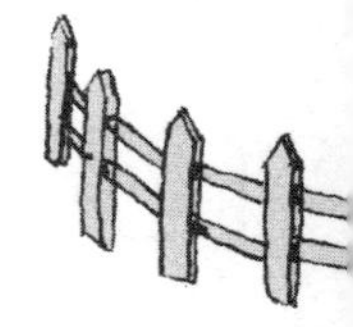

吗……吧啦吧啦吧啦……你听说了吗……吧啦吧啦吧啦……我觉得……吧啦吧啦吧啦……我看见……吧啦吧啦吧啦……要是碰到这种人，他就很想用手指塞住耳朵，彻底消除噪声。在这种时候，他觉得话多的还不如话少的呢。也许，他也想知道得少一点儿，而不是多一点儿。

在山上，诺拉说“嘘——它在睡觉呢。它很累”的时候，路易好想知道详细的情况，可她起码说了这几个字，他就很知足了。

而且，谢天谢地，他终于找到了温斯洛，他很知足，很安心。

问题

路易蹲在诺拉身边，轻轻地抚摸着温斯洛的小脑袋，它的耳朵抖了抖，说明它还好，路易就放心了。

“谢谢你。”路易小声说。

“为什么谢我？”

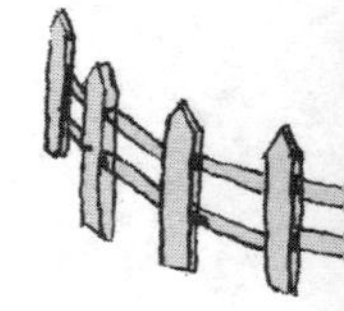

“找到它，救了它呀。我担心死了。”

“嘘——为什么？”

“为什么？因为它不见了呀，我本来还以为它迷路了或者是受伤了呢。它有可能被车撞到，或者掉到河里，或者……”

“嘘——”

自始至终，诺拉都一动不动地坐着，往山下呆呆地看。

她穿着一件鲜红色的针织衫，头顶上束了一个发髻。这身打扮，让路易想到了西红柿。

“我得带它回去了，诺拉，咱们得去上学了。”温斯洛醒了，眨巴眨巴眼睛，从诺拉的方向转头看路易，吧嗒了一下嘴。

“你弄醒它了。”

“咱们不能整天坐在这里啊。”

“也是。喏，给你，这是你需要的……”她把温斯洛的皮绳递给路易，然后一溜烟跑回家了。

等路易回到自己家里，打开温斯洛的围栏，

解开皮绳，把它挂到挂钩上时才想到了一个问题：诺拉是怎么拿到温斯洛的皮绳的呢？

到了学校，路易急着想找到诺拉，然后问她在哪里、什么时候找到温斯洛的，可她午饭时间没在食堂，放学后回家的人群里也不见她的身影。

到家后，他看见麦克跪在温斯洛的围栏里在跟它说话。

温斯洛一感觉到路易来了，就扇扇耳朵，发出一声响亮的叫声“咦——呃——嗷”。温斯洛把脸埋在路易的肚子上，啃起他的毛衣来。

“真不知道它是什么时候出去，又是怎么出去的。”麦克说。

“时间我不确定。”路易说，“不过我应该是忘记闩门了，肯定是的。”他不好意思承认自己可能还忘记把温斯洛的皮绳摘下来了。

“这门上需要一把锁。”麦克说，“否则，

随便谁都能进来，把它带走，或者放走它。”

“如果真有生人过来，它的动静会很大的！它都能把生人给吓唬走。”

温斯洛逃走的事还是让路易感觉很郁闷。

格斯的粉丝团

星期六的早上，天空阴沉沉的，雾气笼罩着整座房子和院子。

路易在衣柜里翻了半天，找到一件格斯的卫衣。那件卫衣又厚又保暖，上面还有格斯的味道。

路易走进厨房时，妈妈说：“英雄所见略同

嘛。”她也穿着一件格斯的卫衣，“等下瞧你爸。”

他刚想问为什么，爸爸就从地下室里冒了出来。他正穿着一件格斯的橄榄球校队服。

“懂我的意思了吧？”妈妈说，“瞧瞧咱们，一家人都是格斯的粉丝。”

“我可想那小子了。”爸爸说，“总是忍不住会担心他。”

前门传来轻轻的敲门声，大家都吓了一跳。他们大概都在希望着：格斯！会是格斯吗？或者想着：糟糕，是有格斯的坏消息吗？

原来是诺拉，她套了一件明黄色的雨衣，大大的帽子被拉起来盖在头上，藏在帽子里的脸显得那么小。

“我正好路过。”她说。

“哦，你想进来吗？”

“不了。呃……我也不知道。”

“我们在吃早餐，你想吃点儿吗？”

“我吃过了。”诺拉左顾右盼，“我可以去

瞧瞧温斯洛吗？”

“我跟你一起去，给你看看放饲料的地方。要是你愿意，还可以喂喂它。”

温斯洛跳上一个草料包，然后腾空一跃，扑向诺拉和路易两个人。它欢蹦乱跳，又是摇尾巴，又是扇耳朵，还去咬两个人的衣袖。

“它实在太好玩儿了，对吧？”路易说。

温斯洛的脸如今成了纯白色，身上的毛成了浅灰色，背上和两肩之间各有一条深色的条纹，像是背了一个十字架。

它又是扭，又是晃，在两个人的腿之间奔来跑去，在草料包上跳上跳下。

“我昨天在学校没看见你。”路易说。

“哦。”

“我想问你……关于找到温斯洛的事情。你……拿到了它的皮绳吗？”

“你也不想让它不系皮绳就在马路上乱逛吧？”

“我是不想，可是……一开始你是怎么拿到皮绳的呢？”

“你傻呀，绳子就在围栏里的挂钩上啊。”

嗨，你好啊！

皮特叔叔的蓝色卡车轰隆隆地开进了车道，停在围栏旁边。

温斯洛突然被陌生的来客惊扰，大叫个没完没了，那声音就像是喇叭声、哭声和尖叫声被搅和在了一起。

“嗨，你好啊！”皮特叔叔叫道。

诺拉躲到了路易的身后：“那是谁啊？”

“是皮特叔叔，他的心肠可好了，连一只蚂蚁都舍不得踩死。”

皮特叔叔膀大腰圆，身穿蓝格子衬衫、工装裤和沾满污泥的橡胶靴，诺拉看着他还是有点儿怕。

“他的块头好大啊。”诺拉低声说。

“嗨，你好啊！”皮特叔叔又说了一遍，“你这个朋友是谁啊，路易？那头小驴怎么样了？肯定长大了不少。我压根儿都没想到它能活下来。”

“咦——呃——嗷——吼！”

温斯洛护着路易和诺拉步步后退，勇敢地挡在这个越走越近的庞然大物面前。

“这是诺拉。温斯洛那天走丢了，是她找到的。”

皮特叔叔双手叉腰，问道：“走丢？”

“并没有走丢。”诺拉说。

“咦——呃——嗷——吼！吼！”

“什么？”路易说。

“它没有走丢。”

“可……”

“小朋友们，我根本听不懂你们在说什么。”皮特叔叔说，“你爸妈还在家吧，路易？”但没等路易回答，他就敲了敲门走进去了，嘴里还大喊着：“嗨，你们好啊！有咖啡吗？”

我都听糊涂了

“诺拉，你说你在围栏里找到的温斯洛的皮绳，是什么意思啊？你找到它的时候，它没戴着皮绳吗？”

“没有，当然没有啊。”

“那你是听说温斯洛不见了，就过来拿了它

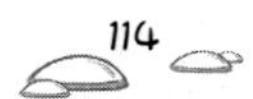

的皮绳？”

“不是。”

“我都听糊涂了。还有，你说‘它没有走丢’是什么意思啊？”

诺拉摸着温斯洛，手指顺着它背上的深色纹路游走。

“有的时候，我起床很早。”

路易真希望诺拉脑门后面有把钥匙，好能上个发条，让她说话说快一点儿。

“跟这有什么关系呢？”

“我起得早的话，有时会出去走走。”

“然后呢？”

“有时候我会过来看看温斯洛。”

“是吗？我早上从来没看见过你啊。”

“很早，特别早。你们可能都还在睡觉。”

“诺拉……你昨天没给围栏的门上闩吗？”

“我？可能吧，我也不知道。”

院子里还是雾蒙蒙的，在某一刻，路易觉得，

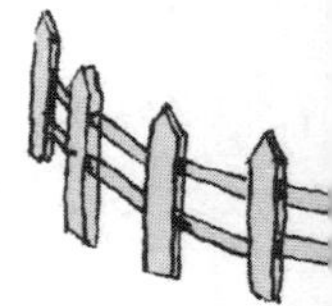

穿着黄色雨衣、帽子戴在头上的诺拉就像是一个幽灵。温斯洛正在一旁啃她的衣袖。

“咱们要小心一点儿了。”路易说，“要是它再跑出来，然后到处乱跑的话……呃，它有可能会受伤的。”

“它没有乱跑。我们是去散步了。”

“你们什么？去散步了？我担心了那么长时间，可是你们出去散步了？！”

“它在围栏里看着好孤单，我觉得去散个步能让它快活点儿。”

路易几乎不知道自己该说什么，脑子里乱得很。他看着诺拉抚摸温斯洛的脖子，指尖十分温柔地滑动，黄色的衣袖衬着温斯洛的灰毛……真是对她生不起气来。

“诺拉，下次给我留个字条，好吗？”

“好的。”

我们需要谈谈

皮特叔叔和路易的爸爸一起从家里走了出来，温斯洛好像已经不把皮特叔叔当成威胁了。皮特叔叔拍它身子、查看它的眼睛和耳朵时，它都没有反抗。

“嗯，它长得挺不错的。我压根儿都没想到

啊。我觉得它差不多准备好了。”

“准备好做什么？”路易问。

爸爸说：“皮特，等一会儿再说吧。”

两个大人嘀嘀咕咕地往皮特叔叔的卡车走过去。

“他在说什么啊？”诺拉问，“温斯洛准备好做什么啊？”

“大概是准备好能换新饲料了吧。”路易说，“或者是去做兽医检查。”

就在这时，一束阳光穿过雾气，照在了温斯洛的头上。

“天使显灵了。”诺拉说。

“什么？”

“大家都懂的。”

皮特叔叔把卡车开出车道时，向外挥了挥手。

麦克在隔壁的窗户里喊道：“温斯洛怎么样了？”

“挺好的，”路易说，“你过来吗？”

“等克劳丁到了，我们就过来。”

“我姐姐？”诺拉问，“我姐克劳丁？”

“我就认识一个克劳丁啊。”

“麦克，也就是说……”路易说，“你们俩又说话了？”

“对呀。我们还说得可开心了。”

诺拉说：“真恶心！”

温斯洛的反应比较难以分辨：“咦——呃，咦——呃。”它是支持还是反对呢？

路易家的另一边，图利太太大喊道：“让那头驴闭嘴！闭嘴！”

路易的妈妈打开了后门，问道：“是图利太太在骂温斯洛吗？”

“对。”

“温斯洛又惹着她了吗？”

“对。”

婴儿在哭闹，温斯洛在嚎叫。

“闭嘴啊！”

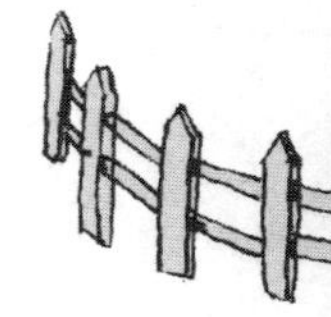

“对不起啊，图利太太。”路易大声喊道。

“我在哄孩子睡觉啊！”

“对不起！”然后，为了不让图利太太听见，他压低声音说，“有的时候，你家的小哭包也会把我吵醒。”

路易的爸爸也走到了围栏里，对路易说：“我们需要谈谈。”

诺拉说：“哎哟，我得走了。”

“你可以留下来。”路易的妈妈说，“不要紧的。”

“不，我不喜欢听坏消息。”

“谁说是坏消息了？”路易问。

我就知道！

温斯洛拱了拱路易的手，咂巴着嘴，流着哈喇子，要胡萝卜吃。

爸爸靠着车库墙面的样子让路易想起格斯，他以前就会这样随意地靠着墙、门或者栅栏。这样想着格斯，路易开心了片刻，但很快就发现自

己又开始忧伤了，因为他实在太想念哥哥了，这种思念无可复加。

爸爸妈妈看起来很担忧的样子。

“是关于温斯洛的事情。”妈妈说，“我们跟皮特叔叔聊了好久，他也同意把温斯洛送走。”

“我就知道！”诺拉低声对路易说，“我就知道是坏消息。”

路易紧紧抓住温斯洛：“送走？送出去？从我们家送出去？！”

爸爸在温斯洛身边不安地搓着手：“我们以前就谈过这个问题。路易，我们家离城里太近了，是不能养牲畜的。”

“可皮特叔叔家的农场也离城里很近呀。”

“没有这么近。而且，那块地区本来就是农场专用地。还有啊，皮特叔叔说，小驴要跟其他动物生活在一起，总这样独自生活不太好。”

“它并没有独自生活啊。”路易说，“它有我，有我们大家的陪伴。”

诺拉紧紧抓住温斯洛的尾巴。

妈妈说：“它需要回到皮特叔叔的农场。”

路易和诺拉同时大叫：“不行！”

“但是为什么就不行呢？”

诺拉不服气地叉着胳膊：“跟他们说呀，路易，告诉他们为什么不行。”

路易也叉起了他的胳膊：“因为它必须在这里，我们必须保护它！”

麦克和克劳丁手牵手，从房子边上绕出来。

“嗨，大家好啊，发生什么事情了吗？”麦克拉着克劳丁的手晃来晃去，但当他看见路易和诺拉的表情后，动作突然停住了：“怎么了？”

克劳丁用闲着的另一只手捂住嘴巴：“不会吧，出什么事了吗？”

“是的，出事了！”诺拉说，“一旦你对什么东西有了感情，它就总是会被人抢走！我就知道！”

你想我们吗？

那天晚上，路易躺在格斯的床上，盖着带有哥哥味道的被子。他盼望着格斯能回家，他想问他好多好多问题。

你害怕吗？

你饿吗？

你冷吗？

你安全吗？

你想我们吗？

他想跟格斯说说温斯洛的事情，告诉他，自己是全心全意地真心疼爱温斯洛。他想告诉格斯，温斯洛很善解人意，也很爱他。它滑稽有趣，呆萌可爱，又活泼爱闹。

路易没办法想象失去温斯洛之后的生活。

在格斯参军之前，路易没办法想象没有格斯陪伴的生活。终于有一天，他走了，让人心里空落落的。

他琢磨着诺拉说的话：一旦你对什么东西有了感情，它就总是会被人抢走！

还有一件事让他心烦：温斯洛是属于谁的呢？路易，还是皮特叔叔？

它不是狗

天气渐渐暖和起来，出门散步和跑步的人也渐渐多了起来。他们如果看见了温斯洛，都会停下来，盯着这头小驴看。

“哇——”

“是一头小驴！”

“太可爱了！”

温斯洛会用一系列响亮、搞笑的吼叫、嚎叫、尖叫来回答这些善意的赞美。接着，图利太太就会大喊：“闭嘴！”而温斯洛只会叫得更响、更持久。

皮特叔叔来过后的第二天，一位动物管理员来了。当时路易和爸爸正在院子里，管理员没有下车，只是摇下车窗玻璃，板着脸问道：“你们家是不是养了一头驴？后面那个就是它吗？有人来投诉了，这个区域是不能养动物的。”

动物管理员递给路易爸爸一份动物管理规定要点的小册子，以及一封限期七天内就要把小驴送走的通知。

“你都不想看看温斯洛吗？”路易问道。

“温斯洛？”

“就是那头小驴。它对人很亲近的。”

“我在这里就能看见它。”

“呃——哦——咦——嗷！”

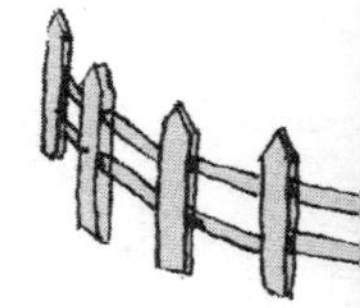

“还能听见它。”

“它甚至都还没有一些狗狗大呢！”

“可它不是狗。”

路易的爸爸说：“我们正在想办法。”

管理员插话说：“你们必须送走驴子，七天内。清楚了吗？”

他没等回答就开车走了。

他凭什么这么做?

路易气坏了。

“什么啊？他凭什么这么做？他有什么权力命令我们把温斯洛送走？！”

路易用力地踢着车道的边沿：“谁定的这些规矩啊？这些人都怎么了？他至少来看一眼温斯

洛不行吗？他没觉得温斯洛并不讨人嫌吗？”

隔壁的婴儿好像在反对似的，号啕大哭起来，温斯洛回答：“咦——呃啊——噉。”

图利太太打开后门，大叫着：“让你的驴子闭嘴！”

“让你的孩子闭嘴！”

爸爸按住路易的肩膀：“不要，不要……”

“我不管！那个小哭包才讨人嫌！我们把他送走吧！”

“路易……”

“这些人真讨厌，我恨死他们了！”

“路易……”

你养了一头驴？

那天晚些时候，又有一辆车停在了路易家门口。一个穿着卡其色制服的女人下了车，又回过身从车里拿了一个记事本。

路易呆住了。是跟格斯有关的事情吗？

路易从来都没有见过像她这么瘦的人，瘦到

连干瘪的脸上的颧骨都看得到。她抬头仔细打量整座房子和路易的时候，脖子上的青筋全都狰狞地暴露出来。

当她走近的时候，路易看到了她衬衫口袋上的徽章，上面写着“卫生局”，下面有一小张皮包骨女人的证件照，还有名字“多洛莉丝”。

“你住在这里？”她问道。她的声音很脆弱，像是随时都有可能断裂似的。

“是的。”

“你父母在家吗？”

“在家。”

多洛莉丝看了一眼记事本上的文字，问道：“你养了一头驴？”

“对。”

多洛莉丝用笔敲了敲记事本，摇摇头说道：“这里不能养驴子。”

“就是一头小毛驴，它还没有狗大呢。”

温斯洛觉察到有陌生人，从后院发出响

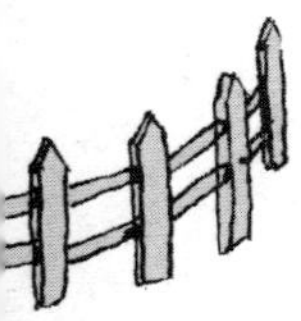

亮、刺耳的嚎叫："咦——呃——嗷，咦——呃——嗷。"

"哎哟喂，这叫声是驴子没错了。"多洛莉丝沿着车道朝温斯洛的围栏走去，温斯洛继续拼命地大叫着。

"这里不能养驴子。"多洛莉丝重复说，"有卫生风险。"

"可它很健康。"路易说，"你想摸摸它吗？"

"哦，不行，不行。我可不想摸它，有卫生风险的。"她的黑眼珠像是嵌在眼窝里的弹珠，"蜱虫、跳蚤、霉菌……这些粪便里数不清的细菌就更别提了。"

在温斯洛的大声抗议里，她的话很难被听清。

"你说什么？"路易问道。

"粪便。就是，便便。你处理粪便的程序是什么？"

"咦——呃啊——吼哈——嗷！"温斯洛并

不喜欢这个陌生人。它把嘴抵在栅栏上，冲着她大叫。

隔壁又传来了婴儿的哭声，以及图利太太清清楚楚的喊声："让那个东西闭嘴！快点儿让它闭嘴！"

"啊！"多洛莉丝说，"邻居也抱怨。我要跟你的父母谈一谈。"她转身走向房子，敲了敲后门。

她进去跟路易的爸妈谈话时，路易一直等在外头。

他想，也许她只是在例行公事，她都没注意到温斯洛有多可爱，她不知道它活下来有多艰难，也不知道它会很温柔，很惹人喜爱，她都没注意到它没有蜱虫、跳蚤、霉菌……

这些，她都不在乎。

路易绝对不想做她的工作。

可要是真的被迫做了，他一定会亲自去看看那个小动物的，跪在它的身边，听一听陪伴小动

物的那位小朋友的心声。

他绝对不会冷漠无情，不把小朋友和小动物放在眼里。

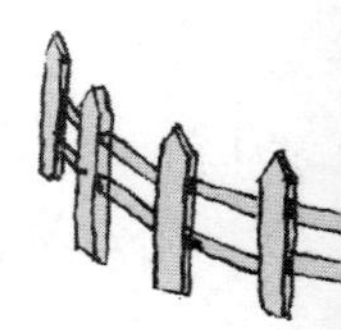

跟着我

路易从来没有去过诺拉家。他知道她住的街道，那条街很短，可是他不知道她家是哪栋房子。

温斯洛戴着新皮绳，就走在他的身边。

路易多么希望此刻她就站在门外。他沿着她

家的大街走到尽头，然后又转过身沿着对面的路往回走，脚上踢踢踏踏，一路踢着石子。

“讨厌的动物管理员！讨厌的卫生局！讨厌的规定！”

他觉得旁边的温斯洛也深有同感。

“讨厌的图利太太！讨厌的小哭包！”

“嗨！路易！”

是诺拉，她正站在一栋白色小房子的门口。

她从人行道上快步走过来，边走边套外衣。“往这儿走。”她说着，指了指穿过空地的一条小路。

诺拉停下来，摸了摸温斯洛的小脑袋，由着它把口水流到她的衣袖上。然后，她带路穿过空地，走到一条狭窄的土路上：“这是一条近路。你以前来过吗？”

路易没了方向：“没有，应该没有来过。这条路通到哪儿呢？”

“跟着我，一会儿你就知道了。”

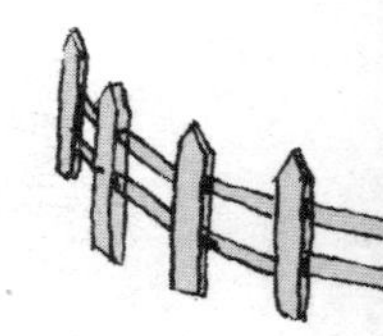

土路两旁没有多少人家，房子大多数都又小又旧，一些是房车，还有一些已经废弃了。

“你以前没来过这里吧？”诺拉问。

“应该没有，可能很久以前来过，但是并不记得了。它通向哪里呢？”

“垃圾场。”

“噢，这么说，大马路在另一头喽。”

“对啊。”

没走多久，温斯洛就警觉地停下，大声叫起来。有一家院子里的树上拴了一条狗，它也回以一通乱吠。温斯洛绷紧缰绳，叫个不停，发出“呃——嗷啊——吼吼”的怒吼声。

房子里走出了一个男人，用报纸拍了拍狗。“把那头驴弄走啊！”他大喊，“赶紧挪地方！”

“对不起，”路易说，“我以前从来没听到小驴这样过。”

那个男人大吼道：“驴子跟狗合不来啊！”

路易和诺拉用力把温斯洛牵走，沿着马路走

了一会儿，它才安静了下来。

“哎哟。”诺拉说，“刚才它可真是凶神恶煞，丑死了。”

“我都有点儿被吓到了。”路易承认说，“不过，我觉得温斯洛是想保护我们。咱们再也不要经过那个地方了！”

他们决定继续往垃圾场的方向走，然后从大马路返回。但是等到了大马路之后，路易提议继续往前，到皮特叔叔的农场去。

诺拉托着下巴说：“我也不知道我们该不该去。有多远呢？”

“不算很近，但也不算很远。”

“路易，你这话就等于没说。”

“咱们去吧，你一定会喜欢的。”

“不一定，我可不能保证一定会喜欢。”

“好吧，你也许会喜欢的。”

它们能活下来吗？

一条又长又宽的泥土路通向了皮特叔叔家的简易农舍。路易带着诺拉和温斯洛绕过房子，走向房子后面的红色畜舍。

温斯洛的耳朵竖了起来，转来转去的，仔细聆听着猪牛羊鸡的叫声，哞哞哞、呼噜噜、咩咩咩、

咯咯咯，汇成了一首生动的畜舍之歌。

温斯洛跃跃欲试，急切地想要四处探索。

诺拉双手托着脸颊。“我不知道，”她说，“不知道自己行不行。”

皮特叔叔在拖拉机上冲他们招手：“嗨，你们好啊！别客气，随便看。去瞧瞧那些新出生的小羊羔和小牛犊。我马上就回来。”他把拖拉机轰隆隆地开进旁边的田地里。

在一个跟其他绵羊隔开的羊圈里，有一只母羊和它的两只羊宝宝。那两只小羊羔又瘦又小，稀疏的、短短的白毛都遮不住下面粉红色的皮肤。一只小羊羔站着，正跌跌撞撞地乱走，另一只则蜷缩在妈妈身边。

“跟你刚养温斯洛那个时候的它好像。”诺拉说。

“温斯洛真有那么小、毛那么少啊？”

“是呀！你不记得了吗？”

温斯洛用鼻子抵着钢丝围栏，发出特别特别

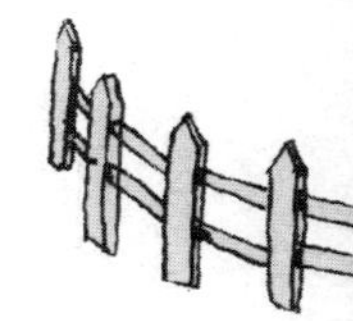

轻柔的声音，有一点像路易爸爸刚带它回家那天发出的第一声“求你”。

母羊抬起头，发现了温斯洛，“咩”地回应了一声，就又低头看自己的宝宝。另一只小羊羔跌跌撞撞地到处跑，最后也倒在了妈妈身边，这两只双胞胎小羊羔紧紧地挤在了一起。

“它们能活下来吗？”诺拉问，“但愿它们能活下来。可是它们看起来好像很虚弱，你说是不是？”

“它们一开始都是这样的。”路易说着，对自己的信心很惊讶。他以前见过好多像这样的新生小羊羔，常常也会像诺拉这么想：它们能活下来吗？它们好像很虚弱。

可除了一两只发生意外，它们全都活下来了。还有温斯洛，它也活下来了。而且他自己，路易，也活下来了。

放松一点儿，小鬼，放松一点儿

诺拉每见到一种新的动物都会捂住嘴巴，仿佛生怕身体中有东西跑出来似的。

路易默默地看着她见识所有小动物：小羊羔；大脑袋、卷卷毛、走路摇摇晃晃的小牛犊；粉嘟嘟、尖声叫的小猪崽。

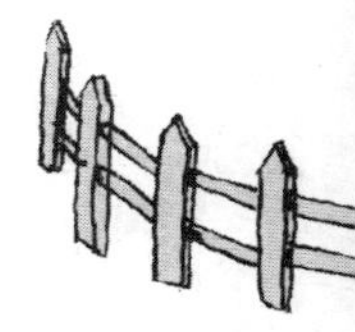

他以前从没见诺拉这么兴奋过。

温斯洛把嘴巴伸进栅栏的格子里，做着自我介绍。那些新生的小牛犊跟温斯洛鼻子对鼻子地站着，互相闻味道，直到牛妈妈大声叫唤，然后把温斯洛的鼻子从栅栏里顶出去，责怪它过分接近自己的宝宝。

小鸡们扑扇着翅膀，叽叽地乱叫，好像很不喜欢这只新来的小驴崽子靠近它们的棚子。但当诺拉在它们旁边蹲下来的时候，它们又得意扬扬地表演起来，昂首挺胸地走来走去，发出短促的叽叽声。

路易有种奇怪的感觉，像是缺了什么东西似的，但他又不太清楚到底缺了什么。他四处张望，希望能发现缺的那样东西。

他们又回到羊圈边，看着小羊羔依偎在羊妈妈的身边。正在这时，拖拉机回到了畜舍，皮特叔叔大声地招呼他们。

温斯洛的耳朵一通乱转，突然大叫起来。在

房子边上的转角处，一条脏兮兮的棕色的大狗朝他们的方向懒洋洋地走来。

“放松一点儿，小鬼，放松一点儿。”皮特叔叔对温斯洛说，“这就是我那条又懒又操心的看门老狗，它对来人的反应有点儿慢。你瞧瞧那尾巴摇得，它连只癞蛤蟆都吓不跑。”

“听说驴子跟狗合不来。”路易说。

“哈，一般是这么回事吧。可这老家伙并不知道自己是一条狗，它好像也并不知道温斯洛是一头驴。”

这下，路易知道缺的是什么了：农场里以前有一头敏感的、保护欲很强的倔驴。皮特叔叔把它叫作自己的 LGD。格斯说过，LGD 就是小灰驴的意思。而那个 LGD，就是温斯洛的妈妈。

对不起！

第二天早上，一开始很不错，温暖的阳光斜斜地照进窗户里。路易挑了一件格斯的旧外套要穿去上学，爸爸妈妈也准备去上班了，温斯洛在围栏里撒着欢儿，嗅着空气中春天的芬芳。

这一天的早上本可以是很美好的。

可是……

图利太太突然跳出来责怪路易和他的爸爸妈妈，怪温斯洛，怪所有人，说：“没日没夜地叫，吵死人了！”

“可它夜里一般不怎么叫呀，”路易解释说，“只偶尔叫叫。”

“太过分了！我跟你们说，太过分了！我累死了！我要发疯了！卫生局的人来过了吗？她难道没告诉过你这只畜生不能养在这儿？动物管理员来过了吗？他难道没跟你们说那些规定吗？”

路易的妈妈说：“来过了，说过了。”

爸爸说：“不好意思，给你添麻烦了。我们在想办法。”

路易没说话，因为爸爸警告地用手按住了他的肩膀，可他心里想的是：你家孩子才给我们添麻烦了呢！你家小哭包吵得我睡不着觉！

图利太太回到自家屋里后不久，麦克就从车道上走了过来。他的样子像是背上正背着很沉重

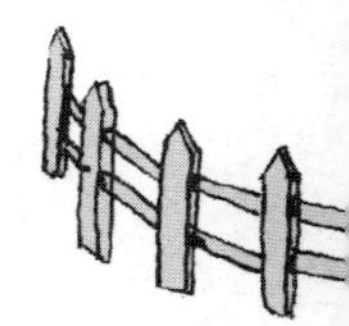

的东西。

“出什么事了？”路易问。

“克劳丁。”

“哦，又怎么了？”

“她伤了我的心了，路易。”

麦克抚摸着温斯洛的脖子和背脊。“真希望格斯在啊。”他说。

路易和爸爸妈妈默默地点头。

“好想他呢。”麦克说。

路易和爸爸妈妈还是默默地点头。

“没错，我知道保卫国家和人民是挺重要的，我也知道总指望别人来帮自己有点儿自私，可我真的很想他呀。”

有一声悲伤哀婉、极微弱的“咦——噢”，那是温斯洛的回答。

路易说不出任何话来。

后来，雨下了一整天。

有点儿不对劲

那天晚上，风雨交加，狂风在树木间呼啸着。路易去看了温斯洛两次，确认它是安全的，而且窝里是干燥的。

接着，电闪雷鸣。猛烈、低沉的轰隆声让窗户都随之颤抖，剧烈、耀眼的闪电照亮了路易的

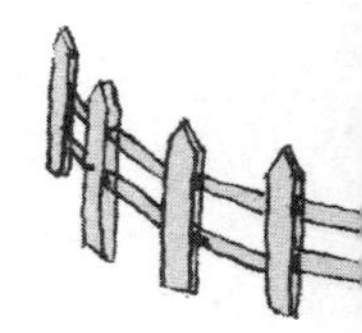

卧室。

路易爬到了格斯的床上，想要一直躲在被子里，直到暴风雨停息，一切归于平静。可是还没睡多久，他就被温斯洛的叫声惊醒了。

哦，不要啊！路易心想，不要现在叫啊，不要叫这么大声啊，不要在半夜里叫啊。图利太太的小孩儿会被吵醒的，然后，她会抓狂的。

温斯洛的叫声非但没有停，反而越来越响。

求你了，不要叫了！路易想。

叫声依然很响，而且没完没了。路易坐了起来，感觉有点儿不对劲。

往后门走的时候，路易的第一反应是有人想带走温斯洛，它在反抗。

爸爸已经在厨房了。“怎么这么吵？怎么回事？”他问道。

“不清楚，我去看看。”路易抓起手电筒，走了出去。

因为这场大雨，院子里和围栏里都很泥泞。

稻草被吹到栏杆上，水桶被吹翻了。温斯洛正抵着栏杆蹬着后腿，一副很急躁的倔模样。

“别急啊，宝贝，怎么了？”路易没看见也没听见有人，门也是闩着的，“温斯洛，有什么事呀？告诉我。”

路易一打开围栏的门，温斯洛就扑向他。它的身上有烟味，烟好像是从车库阁楼上传来的。

“爸爸！爸爸！”

小驴推搡着路易离开车库，到了院子里，然后它转向图利家，昂着头，发出长而响亮的叫声：“咦——嗷！咦——呃啊——嗷！咦——嗷！”

“没事，温斯洛，好了，嘘，快别叫了……”可他紧接着就发现，空中还有很多烟，那是从图利家飘来的。

求你，求你了

温斯洛叫个不停，路易跑去拍打图利家的后门。天空中的烟越来越多，源源不断地从图利家的屋顶和阁楼窗户里涌出来。

接着，路易听见婴儿大哭起来，看见楼上的灯亮了，然后楼下的灯也亮了。最后，图利太太

抱着用毛毯裹住的孩子冲出了后门。

温斯洛一直在蹭着毛毯，小声咕哝着，像是在说：“求你，求你了。”

一阵警报声宣告了消防车的到来。在短短的几分钟时间里，房子就被消防员团团围住，他们爬上消防梯，用大水管向空中喷水，水洒向图利家的屋顶和路易家的车库，水雾在路灯的照射下透出黄色的光晕。

路易的爸爸妈妈、麦克一家人，还有十几户邻居都聚集到附近。

“是暴风雨！是闪电！”

“肯定是击中了屋顶！”

“你们能出来真是万幸！”

“你们是怎么……”

“你们是什么时候……”

诺拉从街上跑来，穿着皱巴巴的睡衣裤和毛衣外套。“我就知道！”她直接用额头碰了碰路易的额头，“你没事吧？”路易点头后，她马上

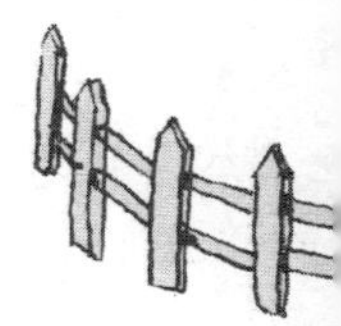

转向温斯洛，抱住它的脖子。她也跟它说：“你没事吧？”

图利太太仍然紧紧抱着孩子，温斯洛还待在她的边上，蹭着婴儿的襁褓。

“你！”图利太太跟温斯洛说，“你这个烦人的东西……是你救了我们啊！”

梆梆

在消防员和诺拉都走了之后，图利太太和路易的爸爸妈妈坐在了路易家厨房里的餐桌旁。图利太太眼泪汪汪、失魂落魄地说："路易，能帮我去看看梆梆吗？"

"梆梆？"

“是宝宝，他叫梆梆。”

“噢，那是他的名字？”

“是小名儿。”

路易的妈妈说：“他现在就在你的房间里，图利太太今天晚上也睡在那里吧。路易，你今晚睡在楼下好吗？”

路易蹑手蹑脚地走进他的房间，生怕吵醒宝宝。宝宝正睡在一个便携式的摇篮里，摇篮就在路易和格斯的两张床之间。

梆梆的脸蛋儿圆乎乎的，长着长长的睫毛，头上乱糟糟的，一团黑色鬈发就像是一棵炸焦了的西蓝花。他的一只小手抓着黄色毛毯的一角放在下巴下面，另一只手的大拇指放在嘴巴里吮吸。

路易想着：以前就是你一直大哭大闹的啊？

路易轻轻地把手放在宝宝的身上，确认他还在呼吸。他能感觉到宝宝的体温，以及他胸口缓慢的起伏。

路易心想，是不是有位图利先生呢？如果有

的话，他离开自己的儿子肯定很难过，图利太太独自生活肯定也很难过。

然后，他想起了诺拉，想着她的妈妈离开了，弟弟没能活下来，狗狗死了，她该有多难过。诺拉的爸爸肯定也很难过。

然后他想着温斯洛，它从来都不知道自己的妈妈。被不会说驴话的陌生人养大，会有多奇怪。

梆梆醒了，看见路易，开始号啕大哭。

外面立刻传来温斯洛的叫声。

路易把大哭的梆梆抱起来，带下楼抱给图利太太。

“你们听！”他说，“是宝宝先哭的，然后温斯洛才叫的！你们懂了吗？”

大家都很不解。

“温斯洛是一个小卫士。因为宝宝在哭，所以它才叫的。温斯洛是在警告大家。”

“警告大家？”图利太太问。

“它在说‘宝宝需要帮助！快保护宝宝’！”

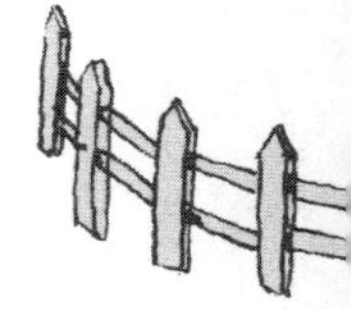

你会为它骄傲的

第二天早上，厨房里非常热闹。路易的爸爸妈妈在忙着煮咖啡、煎薄饼，图利太太在喂梆梆吃东西，梆梆在婴儿椅里站着，双手在麦片粥里拍啊拍，然后擦在自己脸上和头发里。过来看温斯洛的诺拉面对此情此景有一点儿迷茫。

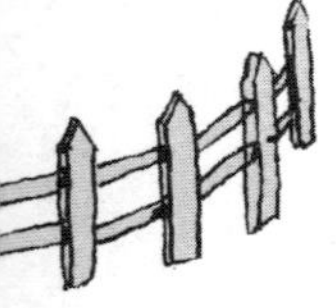

正当大家都忙得不可开交的时候，皮特叔叔闯进了厨房，大声喊道：“嗨，你们好啊！”他听说了火灾的事情，问了大家的平安。但是，他自己另有烦恼：昨天夜里，一头大野狼到他的农场里，抓走了一只刚出生的小羊羔。

“太惨了，当时那个场面实在是太惨了。剩下的那些动物……唉，我都不忍心告诉你们……血淋淋的，简直一团糟，羊儿们吓坏了。”

诺拉用手捂住嘴，低声说：“天哪。”

路易感觉像是有东西跳出了胸口，顺着腿直接掉到了地上。他本来不想说话，可还是脱口而出：

“你需要温斯洛。”

大家纷纷看向路易，有片刻的时间，房间里特别安静。连梆梆都停住了，手放在嘴里。

“对啦，它妈妈原来就是一个很棒的绵羊卫士。”皮特叔叔承认，“我的 LGD。”

“小灰驴。”路易说。

“那是格斯叫它的名字。”皮特叔叔说，“不过 LGD 一般代表家畜守护犬★。而我的情况是，我有过一头家畜守护驴★。”

诺拉狠狠地瞪着路易：“你是说你舍得放温斯洛走？”

路易转向她：“要是有野兽接近那些小羊，温斯洛肯定会大叫的，你说对不对？它可以跟其他牲畜在一起，承担起责任来。它会做一项重要的工作，而且它还很擅长。”

“你会为它骄傲的。”皮特叔叔说。

“那我们以后能去看它吗？”路易问。

“当然了，随时都可以，只要你们愿意，随便哪天来都欢迎。”

“诺拉也可以吗？”

“当然。”

★ 家畜守护犬，Livestock Guardian Dog。
★ 家畜守护驴，Livestock Guardian Donkey。

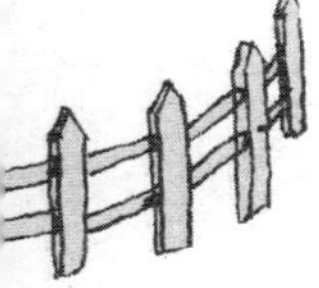

最棒的小驴

那一天，路易和诺拉带着温斯洛最后一次散步到了常去滑雪的山顶，他们两个坐在那里吃着火腿奶酪三明治，温斯洛啃着草。

“它真是一头好小驴。”路易说。

“最棒的小驴。”诺拉也加了一句。

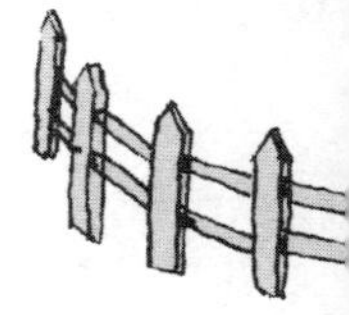

温斯洛转过头，盯着他们看了很久，然后又接着啃草。

路易说：“我整天都在跟它说话，不是说出声音来，而是在心里说。而且，我也相信它能听得见，别笑我，好像它也在跟我说话呢。”

“我也一样。”诺拉说，“它很善解人意。”

路易扔了一块面包给温斯洛，它瞄了一眼，又转回头接着嚼自己面前的青草，好像在说：“不用啦，谢谢，我有草吃。”

“我会想它的。”路易说。

“可我们也能常去看它呀，你说对不对？你的皮特叔叔是这么说的——我们想去随时都能去。”

“如果我们愿意的话，我们天天都能去。”

“放学了，我们可以骑自行车去那里，只是……”

“什么？”

“我没有自行车。”

“你可以用我的。我用格斯的就好。”

安顿下来了

放学之后，路易和诺拉带着温斯洛，沿马路走啊走，穿过城镇，一直走到了反特叔叔家的农场。

他们把温斯洛介绍给了农场里的所有动物，然后带它到了跟小羊一起合住的新家。

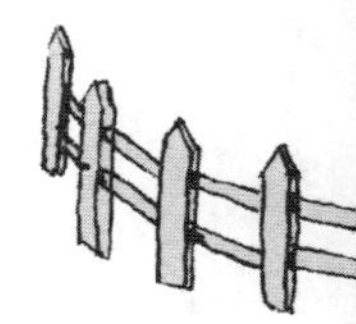

“嗨，你们好啊！”皮特叔叔说，“想来帮忙吗？”

他端着一个放了针筒和药瓶的盘子，说：“我正要给小羊羔打针。你可以抱着它，我来打针。”

“或者你抱着它让我打。”路易说，“我现在会打针了。”

“哦！真的吗？好，那没问题啊，来吧，我抱着小羊羔。”

“要不我抱着小羊羔，路易打针。”诺拉提议说。

皮特叔叔看看这个，又看看那个，点点头说：“那太好了，真的太好了。”

当路易回到家的时候，爸爸妈妈拿着信坐在前门的台阶上。妈妈朝着路易挥了挥手里的明信片：

“猜猜是谁呀？”

明信片上的内容很短：

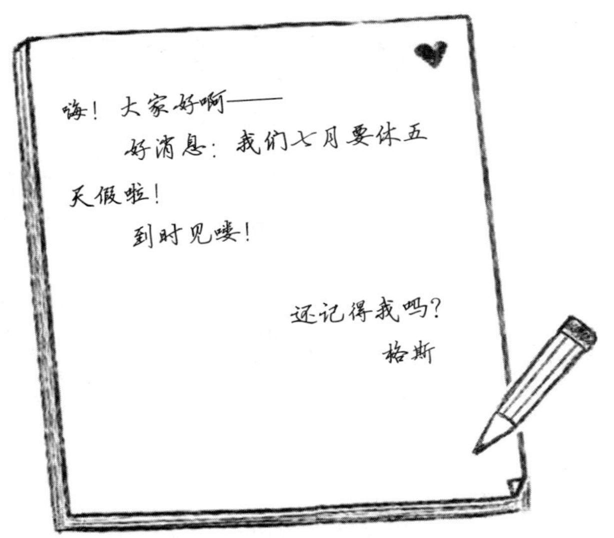
嗨！大家好啊——

好消息：我们七月要休五天假啦！

到时见喽！

还记得我吗？

格斯

那天早上的早些时候，路易本来以为自己一整天都会很伤心，因为要把亲爱的温斯洛留在农场里。可结果正相反，温斯洛在羊妈妈和小羊羔那里安顿得很好，而且他还知道了格斯马上就要回家的好消息。路易觉得，一切事情都进展得非常圆满。

月光

每天晚上，当路易入睡时，他的脑海里都会播放幻灯片：移动的画面，有的快，有的慢，有的跟其他的画面融合在一起。每晚播放的画面都是不一样的，所有的人物和场景组合也不尽相同。

他经常会看见爸爸妈妈和格斯、麦克和克劳丁。

他看见皮特叔叔和农场、图利太太和她的宝宝，甚至还看见了一个名叫小饼干的女孩儿。

他看见一只停在金色向日葵上的靛蓝彩鹀，看见一个躺在棕色长椅上的瘦男人，看见一只外套熊。

他看见诺拉穿着大黄蜂外套和帽子，听到她说“我就知道”！

他看见自己抱着一头小灰驴，看见温斯洛嘴巴张得大大的，发出奇奇怪怪的叫声，看见农场里的小羊羔蜷缩在温斯洛脚下。

有一天晚上，银色的月光透过了卧室的窗户，路易被惊醒了。一束皎洁的月光斜斜地照进了房间，照在了格斯的床上，照在了对面的墙上，墙上挂着那幅男孩儿和小牛犊的画。

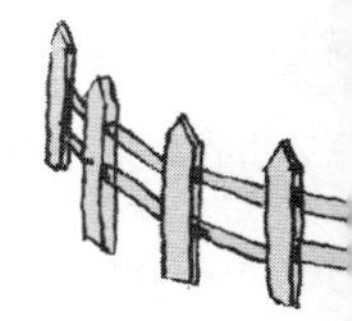

他心想，要是格斯在某个地方也醒着，他看见了同样的月光吗？

他心想，温斯洛在农场的新家是不是也醒着，月光也照在路易钉在温斯洛围栏上的牌子上了吗？

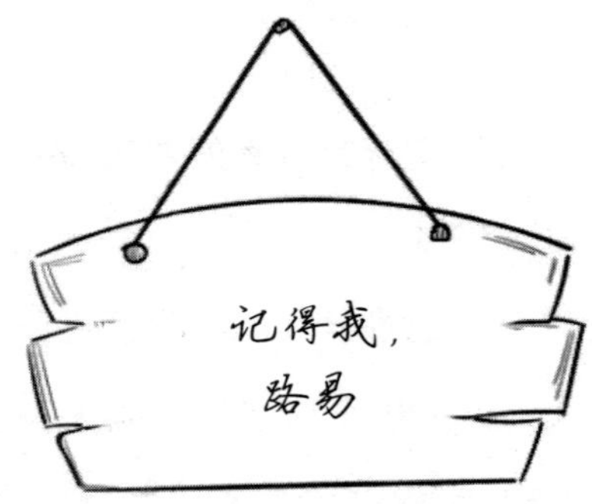